LES NEUF VIES
DU CHAT MONTEZUMA

L'auteur

Michael Morpurgo est l'auteur d'une quarantaine de livres,
qui ont été traduits dans plusieurs langues.
Amoureux de la nature, il aime partager sa passion
avec les collégiens qui viennent lui rendre visite dans sa ferme
du Devon en Angleterre. Auteur prestigieux aux États-Unis,
il a reçu de nombreux prix. En France, il a été publié
chez Gallimard Jeunesse.

Michael MORPURGO

Les neuf vies
du chat Montezuma

Traduit de l'anglais
par Jean-Baptiste Médina

TOUJOURS PLUS HAUT

71, rue Saint-Jean Bosco
Hull (Quebec) J8Y 3G5
Tél.: (819) 777-8662

ÉCOLE
SAINT-JEAN BOSCO

POCKET
jeunesse

Titre original :
The Nine Lives of Montezuma

Publié pour la première fois en 1980
par Kaye et Ward Ltd (Londres)

Loi n° 49-956 du 16 juillet 1949 sur les publications destinées
à la jeunesse : juillet 2000.

ISBN 2-266-08780-0

Pour Kitte et Jack,
les premiers à m'instruire
en matière de chats

Le commencement

La chouette attendait depuis un certain temps, là-haut, parmi les poutres de la vaste grange. C'était une jeune chouette qui n'avait pas encore la persévérance d'une adulte expérimentée. Elle ne chassait que depuis quelques mois, effectuait de lentes et silencieuses sorties le long des haies en parcourant les fourrés des yeux, à l'affût du mouvement furtif qui trahirait une proie éventuelle. Parfois, elle restait aussi pendant des heures sur une branche d'orme, scrutant les ténèbres à ses pieds, avant de se laisser soudain glisser au sol en planant, les serres écartées, prêtes pour la mise à mort. Mais elle manquait encore d'équilibre et de précision. Elle prenait son essor trop tôt, ce qui laissait à sa victime le temps de la repérer. Elle ne maîtrisait pas bien la technique du moment exact, celle qui garantissait à tout bon prédateur une mise à mort infaillible. Pour l'instant, l'estomac tenaillé par la faim, elle attendait sur son perchoir, telle une sentinelle blanche.

Bien au-dessous d'elle, dans un creux entre deux balles de foin, la vieille chatte s'était allongée pour permettre à ses chatons de téter. L'un d'eux, mort-né, gisait à l'écart, humide et froid. Les trois survivants se battaient pour sucer le lait de leur mère ; ils montaient aveuglément les uns sur les autres, cherchant la tiédeur d'une mamelle dans la douce fourrure de son ventre. La chatte savait que la chouette surveillait la scène. Elle l'avait vue surgir de la nuit et s'élever là-haut, puis se poser et replier ses ailes. Elle aurait déplacé ses chatons si elle en avait eu la force, mais ils venaient tout juste de naître et elle était trop épuisée pour bouger. De toute façon, ils étaient en sécurité tant qu'elle resterait près d'eux. Elle souleva la tête et regarda la chouette avec une sorte d'indifférence. C'était comme un jeu d'endurance ; elle aussi pouvait attendre longtemps. Elle changea de position pour lécher sa portée, bousculant les chatons qui battirent l'air de leurs pattes en poussant des cris désespérés. Elle les nettoya consciencieusement l'un après l'autre et les remit en place afin qu'ils puissent continuer à se nourrir. Son regard se posa un instant sur le chaton mort, puis elle se détourna et donna son lait.

L'aube commençait à poindre dans l'obscurité, et la chouette s'agita sur son perchoir, mal à l'aise. Sa patience avait été mise à rude épreuve. Elle cligna des yeux, une fois, deux fois ; puis elle quitta la poutre avec légèreté, et amorça sa lente descente vers les chatons en étalant ses ailes. La chatte, à moitié assoupie, entendit le bruissement du vol et s'éveilla aussitôt au danger. Elle se dressa en crachant, toutes griffes dehors, pour protéger ses petits. Mais la chouette avait vu sa chance — le chaton mort-né, abandonné à l'écart de la litière. Elle effectua un demi-cercle, s'éleva puissamment et revint à la charge. Il suffisait de choisir le bon angle d'attaque pour éviter ces griffes dangereuses, et la proie serait à elle. Il y eut à peine une hésitation dans son vol quand elle cueillit le chaton sur la paille ; puis elle repartit à tire-d'aile et disparut dans l'aube grise, laissant derrière elle la vieille chatte qui continuait de cracher sa fureur.

Le chaton mort avait été le salut de sa portée ; à présent, il convenait de mettre celle-ci hors d'atteinte, de la cacher plus profondément dans le sanctuaire de paille. Un par un, la chatte saisit ses petits par le cou et les emporta dans sa gueule, escaladant l'amoncellement de balles vers le sommet, là où elles étaient moins serrées et où certaines avaient dégringolé sur le côté. Trouver la cachette idéale demanda du temps ; mais finalement, elle repéra un terrier convenable, se faufila à l'intérieur et déposa le premier chaton tout au fond. Puis elle retourna chercher les autres. C'était l'étape la plus dangereuse, car elle devait abandonner deux chatons tour à tour pendant qu'elle transportait le troisième ; aussi la vieille chatte se déplaça-t-elle par bonds, ayant retrouvé pour un instant l'agilité de sa jeunesse. La chouette pouvait revenir, un rat ou même un autre chat surgir en son absence et s'en prendre aux chatons. Ce n'est qu'après avoir accompli sa tâche, quand tous trois se remirent à téter dans leur nouveau nid, qu'elle put enfin se détendre.

Au cours des quelques jours suivants, dans l'obscurité et l'odeur un peu rance de leur foyer, les chatons ouvrirent peu à peu les yeux et reçurent leur première impression brouillée du monde extérieur. Ils étaient encore trop faibles pour partir en exploration, et ne quêtaient que la chaleur et la nourriture fournies par leur mère. Les sachant désormais à l'abri de la chouette, la chatte commença à les abandonner pour de courtes périodes. Il lui fallait se nourrir si elle voulait que sa portée survive. Au début, elle revenait au bout de quelques minutes, mais au fur et à mesure que les chatons grandissaient, elle prit l'habitude d'aller chasser plus loin et plus longtemps dans les champs, et de ne rentrer que lorsque sa faim était apaisée.

Perchée dans le vieux hêtre au bord de la mare aux canards, la jeune chouette observait ses allées et venues, un peu comme un pilleur de banque surveille le gardien en faction devant sa porte. Chaque soir, depuis qu'elle avait ravi le chaton mort, elle s'en allait voleter à travers la grange, à la recherche du reste de la portée. Les chatons étaient là, elle n'en doutait pas, mais elle n'avait pas encore été capable de les localiser. Un soir, elle attendit de voir la chatte se glisser dans la prairie en se faufilant sous la haie, s'éloigner d'un pas souple entre les arbres et disparaître. Alors elle s'élança dans le vent et se dirigea vers la grange.

L'absence de leur mère désorientait les chatons. Deux d'entre eux tâtonnaient silencieusement, mais le troisième, après avoir découvert son départ, s'était mis à pousser des miaulements plaintifs qui devinrent vite des cris aigus. De son poste d'observation sous le toit, la chouette entendit, enregistra, et fit cligner ses grands yeux ronds pailletés d'or. Elle ne pouvait pas les voir, mais elle savait maintenant où ils se trouvaient. Elle reviendrait.

Le printemps tardait à se manifester, et les animaux de la ferme restaient enfermés en attendant que la terre commence à se réchauffer et que l'herbe y pousse. Chaque matin et chaque soir, il fallait distribuer le foin dans les étables et garnir les litières de paille fraîche. Durant les vacances scolaires, le garçon s'acquittait de cette tâche, pendant que son père terminait la traite des vaches et lavait à grande eau le sol de la laiterie.

C'était le soir, et le garçon s'activait dans la grange. Du bout de sa fourche, il jetait à terre de grandes brassées de foin destinées aux râteliers des étables quand il tomba sur les trois chatons. Ceux-ci étaient seuls, empilés en un petit tas de fourrure qui s'anima soudain lorsqu'il dégagea la balle formant la toiture de leur nid.

Il s'apprêtait à crier à son père que Kitty, la vieille chatte, avait remis ça ; mais il décida de se taire. Son père ne manquerait pas de noyer les chatons dans la mare, comme il l'avait déjà fait de nombreuses fois. C'était un homme qui aimait que sa ferme soit nette et bien entretenue. Un ou deux chats avaient leur utilité ; si on en tolérait davantage, ils étaient sans arrêt dans vos jambes, à traîner dans la cour. Le garçon réfléchit un moment, et remit soigneusement la balle en place. Il savait que si les chatons parvenaient à survivre encore une semaine sans être découverts, son père n'aurait plus le cœur de les tuer. Il ne les noyait que les premiers jours après la naissance, quand leurs yeux n'étaient pas encore ouverts.

Le garçon nourrissait toujours les cochons en dernier, et il rentrait ensuite à la maison, où sa mère lui servait une tasse de thé bien chaud. Il ôta ses bottes, jeta son blouson dans un coin et se laissa tomber sur une chaise, près du poêle de la cuisine.

— Ton père et entré et ressorti, dit sa mère en versant le thé d'un geste automatique.

— Pourquoi est-il ressorti ? Il finit en même temps que moi, d'habitude.

— Il est venu chercher un sac.

— Pour quoi faire ?

Le garçon goûta son thé, mais il était trop chaud.

— Il paraît que cette vieille chatte a encore eu des chatons, répondit sa mère.

— Tu veux parler de Kitty ?

Le garçon le savait, mais il voulait néanmoins l'entendre. Les chatons étaient parfaitement cachés, pourtant.

— Où les a-t-il trouvés ? demanda-t-il.

— Il n'y avait pas assez de fourrage dans les mangeoires des veaux…

On sentait comme un soupçon de reproche dans la voix de sa mère.

— … alors, il est allé en chercher dans la grange, et il les a trouvés.

— Combien il y en avait, m'man ?

— Il ne l'a pas précisé, mais Kitty n'en fait jamais moins de trois ou quatre.

— Et il va les noyer dans la mare ?

— Je suppose, mon chéri ; c'est là que ça se passe en général. Bois ton thé, maintenant. Il va refroidir.

Tout en sirotant son thé et en réchauffant ses mains autour de la tasse, le garçon commença à se demander comment son père, normalement l'homme le plus doux du monde, pouvait se résigner à agir de la sorte. Et cela l'amena à se demander aussi s'il était vraiment fait lui-même pour être fermier. Il aimait bien prendre soin des animaux et les regarder grandir, mais il avait du mal à accepter leur mort. Certes, il n'ignorait pas que le troupeau finissait à l'abattoir ; après tout, c'était comme ça que ses parents gagnaient leur vie. Cela faisait partie de la condition de fermier, et il l'admettait volontiers, tant que quelqu'un d'autre s'occupait d'abattre les bêtes. Il ne pourrait jamais envisager de tuer un animal de ses propres mains, en tout cas pas s'il se trouvait tout près, au point de le toucher, l'entendre, voir ses yeux. Chasser, c'était différent ; il y avait du sport là-dedans, et, apparemment, tuer à distance avec un fusil ne lui posait pas de problème.

Son père revint. Le garçon l'entendit frotter ses semelles devant la porte et attendit le commentaire habituel concernant son blouson.

— Je vois que ton blouson est encore par terre, dit son père en ôtant son vieux chapeau et en le suspendant. Ma parole, vous autres, les jeunes d'aujourd'hui, vous n'apprendrez jamais à vous comporter correctement.

Le garçon ignora cette remarque.

— Tu les as noyés, papa ?

— C'est fini, fiston. Ils venaient de naître. Ils se sont probablement rendu compte de rien.

— Combien il y en avait, papa ?

— Deux. Seulement deux, cette fois. Ça devient insupportable. Je voudrais bien qu'elle aille mettre bas ailleurs. Stupide vieille chatte, elle doit bien savoir que j'ai noyé plus de la moitié de sa progéniture. Elle n'a pas le moindre bon sens. Il reste du thé ?

— Juste deux, alors, papa ? Tu n'en as pas vu d'autres ?

Le père secoua la tête. Le garçon avait vu trois chatons, il en était sûr.

— Cette vieille chatte oubliera vite, intervint la mère. Elle abandonne toujours ses petits avant qu'ils soient proprement sevrés. C'est une très mauvaise mère ; on aurait dû la faire stériliser il y a des années. Cela nous aurait épargné tous ces ennuis.

Le garçon se leva, marmonna qu'il avait dû oublier sa torche électrique quelque part dans la porcherie, enfila ses bottes et sortit.

Le chaton rescapé avait réussi à émerger de son abri pour chercher sa mère absente, et il avait dégringolé dans un trou invisible entre deux balles de foin ; c'était ce qui venait de lui sauver la vie. À présent, trébuchant dans l'obscurité, il remontait vers son foyer en émettant de faibles miaulements. Parvenu à destination, il leva le museau, huma l'air de la nuit, et se mit à explorer les lieux autour de lui. Ses frères avaient disparu. Quand il comprit qu'il était tout seul, ses gémissements se muèrent en cris de panique.

Ce furent ces cris stridents qui attirèrent l'attention de la chouette, perchée dans le hêtre près de la mare. Elle était en train de surveiller un campagnol qui n'arrêtait pas de sortir la tête hors de son trou boueux, au pied d'une souche d'aulne. Elle attendait qu'il émerge complètement, mais avait le sentiment qu'il ne se déciderait jamais. Les cris émanant de la grange lui rappelèrent quelque chose. Elle n'avait pas besoin d'autre invite. La chouette connaissait les lieux, et elle devina à l'urgence des miaulements que les chatons devaient être seuls. Elle s'envola vers la grange et alla se percher sur une poutre, juste au-dessus du nid. Avant même d'atterrir, elle avait repéré le chaton solitaire et exposé, qui se déplaçait à l'aveuglette parmi les balles de foin. Elle tourna la tête de-ci, de-là, en clignant de ses grands yeux ronds. Aucune trace de la chatte. Elle s'immobilisa momentanément pour assurer son équilibre, puis ouvrit ses ailes et se laissa tomber, les serres écartées.

Depuis son terrain de chasse près du silo à grains, la vieille chatte entendit son chaton. La chasse avait été décevante, et elle savait qu'elle avait délaissé sa portée trop longtemps. Elle franchit la porte de la grange juste au moment où la chouette prenait son essor. En une seconde, elle était près de son petit, en position d'attaque. La chouette l'évita de justesse, choquée par cette intrusion soudaine ; elle décrivit un cercle majestueux dans l'air et plongea de nouveau, avec colère cette fois. Elle avait été si sûre de saisir sa proie ! Elle recommença à trois reprises, ses serres frôlant presque les griffes de la chatte ; mais la dernière fois, elle vit tant de haine et de férocité dans ses yeux qu'elle prit peur. Elle comprit alors que la partie était perdue et, à grands battements d'aile, jaillit hors de la grange et retourna dans son hêtre. Là, elle claqua du bec, frustrée, et se remit à guetter sa proie de rechange — le campagnol. Sa surveillance fut aussitôt interrompue par un bruit de pas dans la cour, et l'approche du halo dansant d'une torche électrique. Écœurée, elle capitula et s'envola au loin, fantôme blanc et silencieux se mouvant dans la nuit.

Le garçon pénétra dans la grange et braqua sa torche vers l'endroit où il avait vu la portée de chatons. La chatte était là, et elle n'était pas seule. Il s'approcha, grimpa sur les balles de foin, et se pencha vers elle. Kitty cligna des yeux dans la lumière et déglutit nerveusement.

— Ce n'est que moi, Kitty. Tu sais bien que je ne te ferai pas de mal.

Il lui parla d'une voix douce, tendit la main et la caressa. Presque caché sous elle, et déjà en train de téter, il trouva le chaton survivant, un petit chat roux avec une tache blanche sur la gorge.

— Celui-là, j'ai bien envie de m'en occuper, dit le garçon sans cesser de caresser la chatte. Tu en as déjà perdu deux, et avec une mère comme toi, je ne donnerais pas cher de sa peau. Il faut prendre soin de lui, tu m'entends, Kitty ? Il le mérite. Ce doit être un sacré chat, pour avoir survécu jusqu'ici. Mais il ne lui reste plus que huit vies, tu sais. Il vaudrait mieux que tu ailles le cacher ailleurs, parce que si mon père le découvre, il subira le sort des deux autres. Tu comprends ?

Le garçon laissa la chatte et son chaton dans la grange, et retraversa la cour pour rentrer à la maison. La pluie s'était mise à tomber, les gouttes dessinaient des lignes obliques dans le halo de sa lampe. Il chantonnait intérieurement.

La deuxième vie

Il y a des endroits dans une ferme où personne ne va jamais, et c'est dans l'un d'eux que la chatte emporta le dernier de ses chatons. Un ancien entrepôt à blé à moitié en ruine se dressait dans un coin de la cour ; on avait remplacé bien des années plus tôt sa toiture de chaume par de la tôle rouillée. Ce bâtiment croulant abritait à présent le jeune bétail en hiver, mais le grenier au-dessus n'avait pas été utilisé depuis la nuit des temps. Les lattes du plancher étaient pourries et disjointes, et les traverses sur lesquelles elles reposaient n'auraient plus supporté le poids d'un homme. Un chat pouvait y vivre sans être dérangé, et c'est donc là que la chatte choisit de s'installer avec son chaton.

L'agitation régnait à la ferme. Le printemps était enfin là, et maintenant que la terre était sèche, il fallait accorder la priorité aux labours si l'on voulait récolter le blé et l'orge en temps voulu. Pendant les week-ends, on laissait le garçon s'occuper de la plupart des tâches habituelles tandis que son père, parti tôt le matin avec son déjeuner dans un sac, parcourait les champs sur son tracteur — et il ne rentrait que lorsque la lumière du jour commençait à faiblir. Le garçon s'en tirait parfaitement tout seul, il avait été bien formé par son père et possédait déjà le savoir-faire de ce dernier, son rythme de travail lent et régulier, sa façon de se mouvoir au milieu du bétail avec une calme assurance, de sorte que les bêtes semblaient à peine remarquer sa présence.

C'est par une chaude et brumeuse matinée d'avril qu'il ouvrit les portes de l'entrepôt à blé et conduisit le jeune troupeau dans l'herbe, que les bêtes découvraient pour la première fois de leur vie. Il regarda celles-ci pénétrer avec précaution dans le champ humide de rosée, hésitantes, serrées les unes contre les autres. Aucune ne semblait vouloir s'aventurer dans cet étrange océan de verdure. Puis, goûtant soudain leur liberté toute neuve, elles bondirent à travers la prairie en ruant çà et là, ivres de joie. Le garçon resta un moment appuyé à la barrière pour apprécier le tableau, avant de retourner nettoyer l'entrepôt de la couche de bouse qui s'était accumulée au cours de l'hiver. Il n'aimait pas beaucoup cette tâche.

Il venait de remplir un baquet d'eau à l'abreuvoir de pierre et s'apprêtait à se mettre à l'ouvrage quand il entendit quelque chose bouger au plafond, au-dessus de lui. Il leva la tête et tendit l'oreille. Cela recommença. C'était comme un bruissement furtif, suivi d'une série de couinements à peine audibles. « Les rats », se dit-il, et il prit sa pelle et se mit au travail. Jusqu'à ce moment, le garçon n'avait plus du tout pensé au chaton roux trouvé quelques semaines plus tôt dans la grande grange, mais tout en donnant des coups de pelle sous les râteliers à foin, il lui vint à l'esprit que les couinements faisaient plutôt penser à un petit chat qu'à des rats.

Il sortit de l'entrepôt, contourna le bâtiment et grimpa les marches de pierre qui permettaient d'accéder, de l'extérieur, à la porte du grenier. Il y faisait noir, l'unique fenêtre étant recouverte d'un vieux sac de toile. Il savait que le plancher était dangereux et se mit à genoux, testant la solidité de chaque planche au fur et à mesure qu'il avançait le long du mur. Quand il parvint à la fenêtre et ôta le sac, il entendit de nouveau les cris, plus forts et plus impératifs cette fois. Il promena son regard à travers la pièce et appela, dans ce langage que la plupart des gens croient accessible aux chats : « Minou-minou-minou. Où es-tu, minou ? » Il n'y eut pas de réponse, et il continua d'avancer sans cesser de palper le plancher. Le bois pourri ployait sous son poids avec des craquements menaçants. Il s'arrêta un instant pour attendre que les planches finissent de bouger, puis repartit en progressant avec une lenteur d'escargot. Il trouva le chaton couché derrière une pile de vieux sacs en décomposition. Quand il le saisit, l'animal ne manifesta pas de résistance ; il ouvrit la bouche pour protester, mais il était trop faible à présent, et incapable d'émettre le moindre son.

Le garçon n'était pas sûr qu'il s'agissait du chaton dont il gardait le souvenir. Mais après avoir effectué le périlleux voyage du retour et lorsqu'il se retrouva dehors, à la lumière, il se rendit à l'évidence : il reconnut le chaton roux, avec sa tache blanche qui s'étendait du menton au poitrail. L'animal avait grandi. Son cou auparavant invisible semblait maintenant dégagé de son corps ; un corps toutefois émacié, maigre à faire peur. À travers la fourrure, on ne sentait que les aspérités des os. Comme si la lumière l'éveillait soudain, le chaton se raidit et tenta de s'échapper, enfonçant ses griffes dans le poignet du garçon ; mais il n'y avait aucune vigueur dans ce semblant d'effort.

— Il te reste quand même une étincelle de vie, mon vieux, constata le garçon.

Il referma délicatement ses mains autour du chaton et traversa la cour en direction de la maison.

— Il faudrait lui appliquer le même traitement qu'à un agneau orphelin, suggéra la mère. Il est à moitié mort de froid et, à en juger par son apparence, de faim aussi. Cette vieille Kitty l'a abandonné. Je ne comprends pas comment elle peut faire ça. Elle défend ses petits, les protège, les élève, et les laisse tomber à moitié sevrés.

Elle se pencha et ouvrit la porte du four de la cuisinière à bois. C'était là qu'ils réchauffaient les agneaux prématurés, nés dans le froid de la nuit, pour les ramener à la vie.

— Attendons que le four refroidisse un peu, ajouta-t-elle.

— Depuis combien de temps crois-tu qu'il n'a rien avalé, m'man ?

— Plusieurs jours, à mon avis. Il n'a que la peau sur les os. Je ne sais pas encore s'il vivra. À ce stade, rien n'est moins sûr. Il aurait mieux valu que ton père le noie avec les deux autres. Je suppose qu'il est de la même portée.

Le garçon glissa une serviette pliée dans le four tiède et déposa le chat dessus. Ce dernier fermait les yeux. Il respirait encore faiblement, mais c'était là le seul signe de vie.

— Est-ce qu'on ne devrait pas essayer de le nourrir ? demanda le garçon en resserrant la serviette autour du chaton.

— Pas tout de suite. Il a d'abord besoin de chaleur. La nourriture viendra ensuite, quand il aura la force de l'avaler.

— Que dira papa quand il trouvera un chat dans la cuisinière ?

Le garçon redoutait cet instant. Il regarda dans le four.

— Il ne bouge toujours pas, m'man. Tu penses qu'il va s'en sortir ?

— Dieu en décidera, répondit la mère. Laissons-le se réchauffer encore un instant, et on lui donnera un peu de lait. Alors, on saura tout de suite.

Il ne fallut que quelques minutes pour laver une bouteille, la remplir d'un peu de lait de vache et y fixer une tétine en caoutchouc ; mais il était évident avant même de commencer que la tétine serait bien trop grande pour le chaton. Le garçon s'en alla chercher fiévreusement un compte-gouttes et en trouva un dans l'armoire à pharmacie de la salle de bains, au premier étage.

Sa mère prit le chaton sur ses genoux, et le garçon s'accroupit près d'elle pour ouvrir la gueule du petit animal et y verser quelques gouttes de lait. Les paupières du chaton frémirent, il ouvrit les yeux et se débattit, détournant la tête. Toute la force qui restait encore dans son corps affaibli semblait se concentrer sur sa volonté de garder les mâchoires serrées. Mais un peu de lait chaud avait dégouliné le long de la fourrure et s'était glissé dans sa bouche. Il avala, parce qu'il était obligé de le faire, et il parut apprécier ce qu'il goûtait. Le garçon saisit sa chance et inséra le compte-gouttes. Le chaton hoqueta et crachota tandis que le lait roulait au fond de sa gorge, mais sa langue avait rencontré le bout du compte-gouttes et découvert que la source bienfaisante venait de là. Il suça ainsi quatre compte-gouttes d'affilée avant de s'affaler, repu.

— Tu retournes dans ton four, Monty, dit le garçon. Je crois que tu en as eu assez.

— Monty ? Pourquoi Monty ? demanda la mère.

— C'est le diminutif de Montezuma, le roi des Aztèques. On nous en a parlé en histoire, au dernier trimestre.

— Mais il a été tué par les Espagnols, n'est-ce pas ? Est-ce qu'ils ne l'ont pas étranglé ?

— Si, dit le garçon en remettant le chat dans le four. Ils ont fini par lui mettre la main dessus, mais il leur a donné du fil à retordre. Et nous devons tous mourir un jour, les chats comme les rois. Ce qui est sûr, c'est qu'il faudra autre chose qu'un ventre creux pour tuer Monty. Je connais ce chat, maman.

— Tu l'aimes bien, pas vrai ?

La mère était surprise. Le garçon n'avait jamais montré d'affection particulière pour les animaux ; l'intérêt d'un fermier, certes, mais peu de sentiment ; et, à quatorze ans, un garçon ne s'entiche généralement pas d'un chat.

— Il est spécial, m'man, poursuivit son fils. Ce n'est pas un chat ordinaire, autrement, il serait mort. Que dirais-tu si je voulais le garder ?

Sa mère secoua la tête.

— Tu sais ce que ton père en pense. Pas d'animal dans la maison. Il ne laisse même pas entrer le chien, et Dieu sait si Sam nous est utile, il fait partie de l'équipement de la ferme, en quelque sorte. S'il ne tolère pas Sam sous notre toit, il acceptera encore moins ton chat.

— Mais Monty le mérite, plaida le garçon.

— Explique ça à ton père, mais n'attends aucun soutien de ma part. Je ne me mêle pas de vos histoires, tu le sais.

Elle lui passa affectueusement un bras autour de la taille et ajouta :

— Mais, entre nous, j'espère que tu gagneras. Comme tu le dis, ce chat a quelque chose de spécial.

Mère et fils remplissaient un autre compte-gouttes de lait tiède quand le grondement du tracteur retentit dans la cour. On entendit ensuite un sifflotement, suivi d'un bruit de bottes frottant le paillasson devant la porte. Ils se tournèrent vers le four de la cuisinière et virent le chat montrer le bout du nez, les oreilles dressées, l'œil vif. Le garçon toucha du bois, croisa les doigts et dit une petite prière. Puis la porte s'ouvrit.

— J'ai terminé les deux champs de l'autre côté du ruisseau, annonça le père. Mais c'est encore drôlement humide, dans le coin.

Comme il paraissait de bonne humeur et satisfait de sa journée, le garçon jugea que c'était le moment idéal pour plaider sa cause.

— Papa… commença-t-il tout en se demandant comment il allait s'y prendre. Papa, j'ai trouvé un chaton dans le vieux grenier à blé, cet après-midi.

— Tu as nettoyé la bâtisse comme je te l'ai demandé ?

Le père se lavait énergiquement les mains, penché sur l'évier de la cuisine.

— Oui, papa. Tout est fait.

— Et la traite ? Tu es sûr qu'Iris n'a pas une mammite ? Elle avait les pis tout durs, hier soir. Tu es sûr qu'elle va bien ?

— Tout à fait sûr, papa.

— Et Emma ? J'ai l'impression qu'elle va vêler plus tôt que prévu. Aucun signe ?

— Non, papa. Heu, papa, à propos de ce chat…

— Il reste du thé ?

Le père s'essuya les mains et s'approcha de la cuisinière.

— Allons bon, qu'est-ce que je vois là-dedans ?

Il se pencha pour mieux regarder, les mains sur les genoux.

— Est-ce que quelqu'un peut m'expliquer ce que cet animal tout pelé fait dans ce four ?

— Papa, j'essaie de te le dire. C'est le chaton que j'ai trouvé dans le grenier. Kitty l'a abandonné.

— Mais j'ai noyé sa dernière portée !

— Pas entièrement, papa. Tu as dû rater celui-là, et je l'ai trouvé à moitié mort. Nous l'avons nourri, maman et moi, et je voulais te demander…

— Allons bon, répéta le père.

Il prit le chaton par la peau du cou et le souleva en l'air.

— Il est trop âgé maintenant pour que tu le noies, intervint la mère. Qu'est-ce qu'on va faire de lui?

— Ce qu'on va faire de lui? On ne peut tout de même pas le jeter dehors. Vous allez être obligés de le garder, je suppose. Arrangez-vous pour qu'il reste en dehors du salon, c'est tout ce que je demande.

Il regarda le chaton dans les yeux, nez à nez.

— Jamais dans le salon, tu entends?

Puis il tendit le chaton au garçon.

— Il est tout à toi, Matthew. Comment vas-tu l'appeler?

— Monty, répondit Matthew. Un diminutif pour Montezuma.

— Un nom plutôt stupide, si tu veux mon avis. Mais en fin de compte, Matthew ne vaut pas beaucoup mieux. Monty et Matthew. Matthew et Monty.

— Ça veut dire qu'on le garde, papa? Il peut rester?

— Je ne vois pas d'autre solution, mon fils... Eh bien, qu'est-ce que tu voulais me demander, Matthew? De quoi parlais-tu, tout à l'heure?

— Oh, de rien, papa. Ce n'était sans doute pas important. Ça m'est sorti de la tête.

— Où est mon thé, alors ? Est-ce qu'un brave travailleur ne peut pas boire une tasse de thé quand il rentre chez lui après le boulot ? Pourquoi me regardez-vous comme ça, tous les deux ?

C'est ainsi que Montezuma fit son entrée dans la maison. Au bout de quelques jours, on l'avait installé dans une boîte en carton tout au fond de la cuisine, sous la planche à repasser. Mais c'était loin de la cuisinière, et très vite, il se trouva un endroit bien à lui juste à côté de celle-ci — un petit coin douillet où il pouvait dormir au chaud, sans être dérangé.

La troisième vie

La transition entre le grenier à blé et la maison ne fut pas toujours facile. Grandir imposait, semblait-il, certaines restrictions que Montezuma jugeait difficiles à accepter. Il dut apprendre, par exemple, à ne pas sauter sur la table de la cuisine pour lécher les assiettes, à ne pas tourner autour en miaulant, à ne pas rester à l'intérieur quand il aurait dû être dehors. Chaque nuit, il était obligé de sortir quel que fût le temps. Quand il pleuvait des cordes, il se cachait sous une chaise ou se glissait dans le placard de l'évier pour éviter d'être jeté dans la cour. Son expulsion était alors retardée de quelques instants, mais elle n'en devenait que plus brutale et inconfortable. À plusieurs reprises, le petit chat s'en alla explorer les chambres à l'étage, et, une fois, il réussit à se faufiler dans l'armoire à provisions, d'où provenaient tant de bonnes odeurs. Mais il découvrit que l'application de la loi restait constante et sans merci. Chaque fois qu'il transgressait celle-ci, la punition était cuisante ; on le chassait sans ménagement et il était banni jusqu'à ce que le temps efface le délit et qu'on lui pardonne — une fois de plus.

Peu à peu, il retenait ses leçons. Il retenait les règles et les principes, les limites, les codes ; et il découvrait qu'il était plus pratique de respecter la loi, du moins en apparence. La famille tomba d'accord sur le fait que Montezuma commençait à ressembler à un chat convenable, et Matthew se félicita de cette miraculeuse conversion. Même le père de Matthew finit par admettre que le petit chat perdait peu à peu ses manières de sauvage. C'était exactement l'impression que Montezuma voulait donner. Il venait de comprendre les avantages de la dissimulation et de la ruse ; il mettait au point une arme secrète qui lui assurerait la belle vie, et cette arme était la fourberie. Maintenant, il attendait que le terrain soit libre pour commettre ses forfaits. Laisser la passion et la voracité vous aveugler n'aboutissait qu'à vous faire repérer et punir ; aussi préféra-t-il désormais se tourner vers le crime prémédité, méticuleusement organisé et exécuté. À présent, il dormait sous les lits, et non dessus ; il volait ce qui traînait sur la table de la cuisine seulement quand la maison était déserte, et la porte grande ouverte pour permettre une fuite rapide. Le criminel efficace doit bien connaître la loi afin de pouvoir la contourner au mieux de ses intérêts.

Montezuma aurait pu continuer à se comporter en hors-la-loi invétéré s'il n'avait pas eu maille à partir, un après-midi fatal, avec la boîte de haricots abandonnée sur la table de la cuisine.

Il n'aurait même pas vu la boîte si le grand coq blanc ne l'avait chassé de la plate-bande fleurie où il était en train de jouer innocemment parmi les gueules-de-loup. Le coq, un animal arrogant et vicieux, avec un bec de prédateur et une crête flamboyante, devait penser que ce minet représentait une menace pour ses poules, qui picoraient dans les parages. Il commença par émettre un cocorico bruyant auquel Montezuma ne prêta pas attention, puis s'avança vers lui d'un air décidé, battant des ailes et gonflant ses plumes. Comme le petit chat ne semblait toujours pas le remarquer, le coq tendit le cou et lui donna un coup de bec juste au-dessus de la queue. Montezuma était trop malin pour affronter un coq en colère, et il battit en retraite vers la maison, sifflant et crachant à la face de l'ennemi — à distance respectueuse. Arrivé près de la porte de la cuisine, il se retourna pour hérisser le dos dans un ultime geste d'indignation, mais le coq l'avait oublié et paradait au milieu de ses poules. C'est alors que Montezuma repéra la boîte de conserve ouverte, posée comme un signal lumineux sur la table de la cuisine. Ce genre de boîte, il le savait pour avoir fouillé dans les poubelles, méritait toujours une petite investigation. La maison était vide ; il en avait la certitude, parce qu'il avait vu Matthew et ses parents emprunter le sentier des champs aux moutons. Ils étaient partis de bonne heure, et l'un d'eux avait laissé la porte grande ouverte. On ne pouvait pas refuser pareille invitation. Avec un dernier regard autour de lui, il pénétra dans la cuisine, sauta sur une chaise près de la cuisinière et, de là, sur la table. La boîte à étiquette verte renfermait encore un bon tiers de délicieux haricots à la sauce tomate.

Montezuma commença par lécher le rebord de la boîte avant d'enfoncer le museau dedans, bien décidé à se frayer un chemin jusqu'au fond en mangeant tranquillement son contenu. C'était un festin délectable, et il ne tenait pas à se presser.

À plusieurs reprises, il releva la tête pour respirer, nettoyer ses moustaches et guetter un éventuel bruit de pas ; puis il replongeait chaque fois dans la boîte. Il restait tout au fond une couche de haricots enrobés de sauce qu'il ne parvenait pas encore à atteindre, juste quelques-uns, et Montezuma était bien résolu à les avoir. Il enfonça le museau plus profondément, en forçant un peu, si bien que la boîte lui donna l'impression de lui serrer la tête ; puis il avala le dernier haricot d'un coup de langue râpeux et lécha le fond jusqu'à ce qu'il devienne d'une netteté parfaite. Satisfait, mais cependant déçu de voir se terminer cette orgie de haricots, Montezuma songea que les meilleures choses ont une fin et retira sa tête. Ou du moins voulut la retirer, parce qu'il avait beau essayer, il n'arrivait pas à se libérer. Chaque fois qu'il secouait la tête pour la dégager, la boîte venait avec. Il se servit de ses deux pattes de devant pour tenter de retenir la boîte tout en tirant sur son cou, mais il n'avait pas de prise, le métal glissait sous ses griffes.

La panique le gagnait. Chaque nouvelle tentative se soldait par un échec et ne faisait qu'accroître sa terreur. Il commençait à avoir chaud à l'intérieur de cette boîte, et il avait du mal à respirer. Montezuma devina que l'air allait bientôt lui manquer. Il se renversa sur le dos et s'efforça d'ôter la boîte avec ses pattes. Il se tordit, frétilla, lacéra le bord du métal à coups de griffes répétés ; mais la boîte semblait collée à lui et tenait bon. Au bout de quelques minutes, il avait perdu toute notion de sa position sur la table; il se sentit soudain basculer dans le vide, heurta la chaise et atterrit durement sur le carrelage. Quand il parvint à se remettre sur ses pattes, il était complètement désorienté. Comme un aveugle, il tituba à travers la cuisine, se cogna aux meubles, aux seaux, aux balais, puis dégringola les marches du perron et se retrouva dehors, dans la cour pavée.

Montezuma émergea au soleil près de l'abreuvoir, la boîte toujours rivée à sa tête. Il miaula de terreur aussi fort qu'il put, ce qui attira l'attention du coq blanc et de ses poules. Avec un caquetage hystérique, ces derniers s'éparpillèrent dans toutes les directions, laissant Montezuma seul sur les pavés de la cour, errant sans but, tournant sur lui-même, et gémissant de façon pitoyable. De temps à autre, il s'arrêtait et essayait encore d'enlever la boîte, mais il avait déjà usé de toutes les façons possibles, sans résultat, et chaque nouvel effort l'affaiblissait un peu plus.

Matthew et ses parents avaient dû partir pour les champs en toute hâte afin de soigner une brebis malade. Ils s'étaient mis à trois pour attraper l'animal et le traiter. En revenant à la ferme, ils virent le chaton se diriger vers eux d'une démarche d'ivrogne. Matthew bondit sur lui le premier et le maintint solidement pendant que son père tirait sur la boîte.

— Attention ! cria Matthew. Tu vas lui briser le cou !

— Il est en train d'étouffer, répliqua son père. Périr étouffé ou le cou brisé, c'est du pareil au même. Tiens-le bien ! Maman, apporte-nous un peu de savon liquide, s'il te plaît. Ça nous facilitera peut-être les choses.

Montezuma n'était qu'à moitié conscient, maintenant, et il se débattait instinctivement entre les mains qui le tenaient, en proie à la terreur la plus totale.

— Doucement, Monty, dit Matthew en le caressant. Doucement, on va te tirer de là. On va enlever cette boîte en une seconde, tu verras.

Le chaton se détendit un bref instant — pour recommencer à griffer l'air avec une sauvagerie accrue.

Le savon arriva, et la mère de Matthew en infiltra suffisamment dans la boîte pour qu'on puisse faire tourner celle-ci. Matthew empoigna le chat, rassemblant ses quatre pattes pour plus de sécurité, et son père tira de nouveau sur la boîte. Cette fois, elle vint facilement.

Pendant une seconde, Montezuma resta immobile entre les mains de Matthew, clignant des yeux dans la lumière, et aspirant par saccades des bouffées d'air frais. Puis il bondit vers la liberté. Il détala plus vite qu'il ne l'avait jamais fait, sans destination particulière, simplement ailleurs. Il fila comme une flèche vers le fond de la cour, se faufila entre les étables et arriva devant le vieux hêtre qui se dressait au bord de la mare aux canards. Il grimpa dessus parce qu'il était là, et parce que s'élever, c'était s'éloigner. Il grimpa jusqu'à ce qu'il n'y ait plus de quoi grimper, jusqu'à ce qu'il n'y ait plus d'arbre.

Matthew le suivit et le regarda escalader le tronc impressionnant. Protégeant ses yeux du soleil, il vit Montezuma ramper sur la plus haute branche et s'immobiliser enfin, à quelque dix mètres au-dessus de la mare.

— Où diable est-il passé, maintenant ? demanda son père, qui tenait toujours la boîte de haricots vide à la main.

— Il est là-haut, répondit Matthew. À moitié mort de peur.

— Matthew, intervint sa mère, je n'ai pas utilisé de haricots en boîte depuis des semaines. Tu as encore fouillé dans mes conserves ?

— J'avais faim, avoua Matthew. J'en ai mangé un peu, c'est tout.

— Ma parole, tu es un fanatique des haricots, observa son père. Et on t'a répété assez souvent qu'il ne fallait pas tout laisser traîner derrière toi. C'est ta faute, mon garçon. Tu aurais pu tuer ce chat, tu sais.

— Je croyais que tu t'en moquais, rétorqua Matthew.

— Ne commencez pas, vous deux, dit la mère. Ce pauvre Monty est coincé au sommet de cet arbre, alors, ne commencez pas. Il faut qu'on le descende de là, il ne descendra pas tout seul. Pas d'une telle hauteur.

— Je vais aller le chercher, annonça Matthew.

— Tu ne peux pas monter jusque là-haut, protesta sa mère. Et si jamais tu tombes ?

— Il ne tombera pas, affirma son père. Il ne lui arrivera rien. Il a passé la moitié de sa vie à grimper aux arbres, c'est un vrai singe. Il ne lui arrivera rien.

Matthew se sentit un peu moins sûr de lui en commençant son ascension. L'écorce était glissante, à cause des pluies de la veille, et plus il grimpait, plus le vent soufflait. Il progressait avec précaution, s'assurant de bons appuis pour ses pieds et testant chaque branche avant de peser dessus de tout son poids. Il avait déjà escaladé ce tronc bien souvent, mais toujours par jeu. Là, c'était du sérieux, et ça ne l'amusait pas. Il avait perdu Monty de vue, à présent, et se concentrait sur l'escalade. Au-dessous de lui, son père n'arrêtait pas de lui crier comment il s'y serait pris à sa place ; il lui parlait de prises, d'équilibre ; et sa mère entonnait à tout instant :

— Attention, mon chéri ! Fais bien attention !

Il repéra Montezuma tapi au bout d'une longue branche qui allait en s'amenuisant et s'étendait à la verticale au-dessus de la mare. La branche avait l'air assez épaisse et sûre près du tronc, mais plus elle s'en éloignait, plus elle devenait fragile. Matthew s'installa sur la fourche de l'arbre et envisagea diverses possibilités, tout en s'efforçant d'ignorer les avertissements et conseils venant du dessous. Il ne pouvait pas se déplacer jusqu'au bout de la branche pour atteindre Monty ; elle ne supporterait pas son poids. Il aurait eu besoin d'un filet ou d'une épuisette pour attraper le chat, mais personne ne pouvait les lui apporter — ni son père ni sa mère ne grimpaient aux arbres, ou, du moins, il ne les avait jamais vus le faire. Il lui faudrait donc parler au petit chat pour lui faire oublier sa peur et le convaincre de revenir vers lui. C'était la seule façon d'agir.

— Monty, commença-t-il d'une voix qu'il voulait apaisante, c'est moi, Monty. Tu ne peux pas rester là toute la journée. C'est fini, maintenant. Tout va bien. Je vais te descendre. Allez, viens. Viens. Je ne te ferai pas de mal.

Le chaton, recroquevillé sur lui-même, collait à la branche comme du lichen. Il regardait Matthew en clignant des yeux, déglutissait et émettait de temps à autre un faible miaulement. Matthew continua de lui parler sur un ton consolateur, plein de sympathie ; mais il ne reçut aucun encouragement de Montezuma, qui ne bougeait pas le moindre muscle.

Là-bas, au-dessous de lui, son père demanda :

— Tu ne peux pas le descendre ?

Une question à laquelle Matthew sentit qu'il ne pouvait pas répondre poliment.

— Les pompiers ! cria sa mère. Et si on appelait les pompiers ?

Ils paraissaient si petits, dans cette cour. Matthew avait eu l'impression que ses parents rapetissaient, ces derniers temps, mais jamais à ce point.

— Pas encore ! leur cria-t-il en retour. Pas encore. Je vais essayer quelque chose.

— Oh, fais attention, mon chéri ! Fais attention, je t'en prie !

La voix de sa mère était hystérique, comme toujours quand elle était obligée de parler fort.

Matthew se retint à la branche au-dessus de lui et avança sur celle au bout de laquelle se trouvait Montezuma en marchant de côté comme un crabe prudent. Les deux branches étaient parallèles sur une certaine distance, puis la plus haute, à laquelle se tenait Matthew, s'arrêtait brusquement. Il progressa aussi loin qu'il le put, et lâcha la branche à laquelle il se tenait. Pendant un moment, il resta en équilibre, sans rien à quoi s'accrocher. La branche qui supportait son poids se balançait sous lui, et il se baissa avec précaution jusqu'à s'asseoir dessus à califourchon. Dans cette position, il continua de se déplacer centimètre par centimètre jusqu'au moment où il sentit qu'il ne pouvait pas aller plus loin. Le chaton était toujours hors de sa portée.

— Ça suffit ! Reste où tu es !

L'ordre de son père était sec et autoritaire.

— Ne va pas plus loin ! Ça suffit ! La branche va casser. Arrête, Matthew !

Matthew savait que son père avait raison, mais il touchait presque au but — encore quelques centimètres, et le chaton serait sauvé. Il s'inclina le plus possible, serrant la branche entre ses cuisses, et tendit la main.

— Allez, Monty, viens, maintenant. Sois un gentil chat. Viens. Viens donc.

Il perdit soudain l'équilibre et dut agripper brusquement la branche pour se remettre d'aplomb. Alarmé, le chaton recula, lâcha prise — et dégringola tout droit dans la mare. Matthew entendit jaillir une gerbe d'eau et vit son père se précipiter. Les canards évacuèrent la mare à grand bruit, laissant le champ libre au père de Matthew qui, de l'eau jusqu'à la taille, se dirigeait vers le point de chute de Montezuma. Matthew attendit, les yeux fermés, en récitant mentalement une petite prière. Quand il les rouvrit, son père tenait le chaton dégoulinant et lui criait en riant :

— Je l'ai ! Il n'a rien ! Ce petit démon respire encore !

Lorsque Matthew descendit de l'arbre, son père avait émergé de la mare et enlevé ses chaussures. Il était assis par terre et tordait ses chaussettes pour les essorer.

— Ton père va attraper la mort ! fulmina sa mère qui retenait le chaton d'une poigne d'acier. Tiens, voilà ton Monty. Et pour l'amour du ciel, tâche de le surveiller. Vous me ferez mourir de peur, tous les deux. D'abord toi qui grimpes aux arbres, et ensuite lui qui saute dans des mares glacées — à son âge ! Vous devriez être un peu plus raisonnables ! Vous auriez pu vous tuer tous les deux, et tout ça pour quoi ? Pour un petit chat !

— Pour Monty, dit Matthew. Ce n'est pas un chat ordinaire, tu sais. Peux-tu imaginer papa sautant dans l'eau pour sauver un autre chat ? Il en a noyé des tas dans cette mare, mais c'est la première fois qu'il en retire un !

— Et la dernière, avertit son père en agitant ses orteils mouillés. Définitivement la dernière.

La carrière de voleur à la sauvette de Montezuma avait atteint son terme — en tout cas pour longtemps. Il est certain que les boîtes de conserve à moitié vide n'exercèrent plus de fascination sur lui. Bien sûr, il connut d'autres tentations, mais il fut à jamais dégoûté des haricots.

La quatrième vie

Montezuma passa le premier été et le premier hiver de sa vie à explorer son territoire. Durant ces mois, il s'éveilla à ses capacités de chasseur. Dans la journée, il dormait paisiblement près du poêle de la cuisine ; mais au crépuscule, bien nourri et reposé, il se glissait dehors sans faire de bruit et se perdait dans la nuit.

Matthew le vit peu pendant cette période. Il l'apercevait parfois en train de rôder le long des haies quand il menait les moutons aux champs le matin, ou le trouvait roulé en boule dans la paille quand il allait chercher du foin dans la grange. Il adorait regarder Montezuma se chauffer au soleil en été, courir après les feuilles mortes en automne, ou évoluer d'une démarche majestueuse parmi les hautes herbes du verger. Mais Matthew ne jouait jamais avec le chaton. Pour lui, Montezuma n'était pas un jouet, seulement un animal dont il appréciait la compagnie, et sur lequel il n'avait aucun droit de propriété. Ce n'était pas son chat ; c'était Montezuma, et cela suffisait.

Montezuma se sentait à l'aise dans son foyer… la plupart du temps. Quand Matthew et sa mère restaient à la maison, il pouvait somnoler près de son poêle en toute sécurité. Pour la nourriture, il allait voir l'un ou l'autre, ou les deux tour à tour, et s'attirait toujours une réaction amicale de leur part. Il aimait s'asseoir sur les genoux de Matthew et se faire les griffes sur l'épaule de son blouson, ou se frotter contre son cou. Mais le bruit des pas du père de Matthew sonnait plus fort à ses oreilles qu'une sirène annonçant un bombardement. S'il était en train de dormir, il s'éveillait aussitôt, regardait avec affolement autour de lui, se précipitait vers le recoin le plus profond et le plus sombre qu'il pouvait trouver, et filait hors de la maison dès que la voie était libre. Le brave homme n'avait jamais été délibérément cruel envers lui ; mais un chat sait quand il n'est pas le bienvenu. Certes, le père de Matthew lançait une botte dans sa direction de temps à autre, quand il réclamait trop bruyamment sa nourriture, par exemple, sans toutefois l'atteindre. En général, ils évitaient de se croiser et se satisfaisaient de

cet arrangement. Ils pouvaient vivre ensemble…
s'ils vivaient séparés.

Montezuma était devenu un beau matou au
pelage rayé de divers tons de roux, avec des
oreilles en pointe aussi grandes que celles d'un
chat sauvage, et une longue queue en panache
qu'il dressait fièrement derrière lui, à moins qu'il
ne fût en train de chasser. La cour de la ferme était
son domaine ; il en avait décidé ainsi. Si d'autres
chats s'aventuraient à l'occasion sur sa propriété,
ils n'y restaient pas longtemps. Chaque intrus
apprenait vite à ses dépens qui était le maître des
lieux.

Il se transformait rapidement en un dangereux chasseur, avec une préférence pour l'embus-
cade. Il avait pour terrain de chasse de prédilection
les haies et les fossés qui longeaient le sentier
menant à la rivière. C'était là qu'il avait fait son
apprentissage, découvert par tâtonnement les
bonnes techniques, les habitudes et les déplacements de ses proies. Il connaissait chaque terrier,
chaque nid dans le feuillage ; il avait appris à se
servir du bruit du vent comme camouflage, et à
rester aux aguets, immobile comme une bûche. Il
savait évaluer la vitesse de réaction de ses éven-
tuelles victimes, leur faculté de riposte et de
survie.

Ce n'était qu'en présence de Sam, le chien chargé de veiller sur le bétail, que Montezuma ne se sentait pas sûr de lui. Sam n'avait jamais la permission de pénétrer dans la maison, aussi le problème ne se posait-il qu'au-dehors. Là, à l'air libre, ils se surveillaient mutuellement de loin, chacun dissimulant un sentiment de méfiance et de crainte. Sam avait déduit de la fréquence de leurs rencontres que le chat habitait ici définitivement ; Montezuma savait que le chien faisait partie de la ferme et ne représentait pas une menace directe pour sa suprématie féline.

Sam était un colley noir et blanc hirsute, avec de longs crocs luisants plantés dans une gueule toujours pantelante. Il possédait cette perception et cette intelligence intuitive qui caractérisent tout bon chien de berger, et il sentait qu'il valait mieux accorder au jeune chat une certaine liberté de mouvement, du moins pour le moment.

Tous deux coexistaient comme seuls peuvent le faire des animaux, avec un degré de tolérance dicté par leur propre intérêt. Mais les intérêts personnels de deux voisins si proches devaient inévitablement se heurter, et c'est ce qui se produisit un dimanche après-midi, sur la pelouse qui s'étendait derrière la ferme.

Comme d'habitude, l'os du gigot de mouton du dimanche avait été remis à Sam, dont l'appétit pour les os, ou pour toute autre chose d'ailleurs, était insatiable. Sam ne mangeait jamais son os immédiatement ; peu d'os valaient la peine d'être rongés sans avoir été d'abord enfouis sous terre pendant quelques semaines. Sa méthode usuelle consistait à trotter le long du sentier qui menait au jardin potager de M. Varley, le terrain le plus doux et le plus meuble de la paroisse. Là, il creusait fiévreusement et cachait son os, en jetant des regards furtifs autour de lui ; et quand il avait tout remis en place du bout du museau, il rentrait à la ferme avec l'air du devoir accompli, le nez encroûté de terre humide et brune. Pour un chien intelligent, c'était une chose assez stupide à faire. Tout le monde savait où il enterrait ses os, M. Varley le premier — lequel les déterrait chaque fois qu'il les découvrait, ce qui se produisait souvent. Toutefois, en ce dimanche après-midi particulier, Sam était fatigué, il faisait chaud, et l'os était énorme ; aussi se contenta-t-il de s'étendre sur la pelouse et de grignoter avec satisfaction sous le soleil.

Montezuma avait toujours nourri l'espoir que l'os du dimanche lui reviendrait un jour. Couché près du poêle, il vit Matthew se lever de table et emporter le gros os au-dehors. Il le suivit à tout hasard, s'installa sous un massif de fuchsias et observa Matthew qui ordonnait au chien de s'asseoir et de prendre doucement l'os dans sa gueule. Sam attendit que Matthew retourne à l'intérieur ; puis il se releva et s'éloigna de quelques mètres, laissa tomber son os sur la pelouse et s'allongea devant, savourant à l'avance le festin à venir. Montezuma émergea avec précaution de l'ombre des fuchsias et s'assit dans l'herbe à une distance respectueuse. Ce mouvement alerta le chien, qui tourna la tête et gronda un avertissement. Il reprit son os et s'éloigna vers le muret qui entourait le jardin.

Ce muret, avec son sommet plat, était un des lieux de promenade favoris de Montezuma. Il fournissait d'excellents postes de guet pour la chasse locale, et on pouvait s'y chauffer au soleil. C'est du reste sur cette hauteur qu'il avait attrapé une bergeronnette quelques jours plus tôt. Par une stratégie habile, il contourna le jardin, courut de l'autre côté du muret et sauta facilement dessus.

Sam était tout à son affaire, très occupé, et incapable de décider de prime abord par quel bout il convenait de s'attaquer à l'os. Après pas mal de considérations, il décida finalement de planter ses crocs là où il y avait le plus de viande. Maintenant l'os d'une patte ferme, il commença son repas. Là-haut sur le muret, le chat le regardait, attendant son heure.

Le téléphone sonna dans la cuisine et la mère de Matthew alla répondre ; en général, personne d'autre ne bougeait quand le téléphone sonnait.

— Oui, dit-elle. Oh ! vous m'en voyez navrée. Et puis :

— Je ne comprends pas comment ça a pu arriver. Je suis tellement confuse.

Matthew et son père cessèrent de manger pour écouter.

— Ô mon Dieu ! Les dégâts risquent d'être terribles. Oui, oui. Eh bien, nous arrivons tout de suite. Je vous envoie quelqu'un.

Elle raccrocha le combiné et annonça :

— Nos vaches sont dans le potager de M. Varley, Matthew. Tu ferais mieux d'y aller. Dépêchetoi, mon chéri.

— Emmène Sam, suggéra son père. Et dis à M. Varley que je vais venir vous aider. File, fiston. Sans quoi, il n'aura plus de jardin.

Mais Matthew était déjà parti, appelant Sam et galopant sur le sentier.

Sam n'avait pas envie de quitter son os. Il venait à peine de commencer son festin et ne voulait pas abandonner son trésor dans l'herbe, exposé et vulnérable.

— Allez, viens, Sam ! Laisse ça !

Matthew lui criait après et le sifflait. Sam opta pour un compromis. Il saisit l'os dans sa gueule et courut vers son jeune maître.

— Pas avec l'os, Sam, crâne de pioche ! C'est toi que je veux. Laisse-le tomber. Lâche-le tout de suite !

Sam obéit, comme il le faisait toujours. Il déposa l'os sous le massif de fuchsias, jeta un coup d'œil alentour pour s'assurer que personne ne l'avait vu, et bondit derrière Matthew, qui l'appelait toujours en sifflant. Montezuma avait observé toute la scène du sommet de son mur. Il attendit que le garçon et le chien aient disparu, puis il descendit d'un bond souple et traversa la pelouse en direction des fuchsias. L'os était trop lourd pour être déplacé, et, de toute façon, l'endroit lui convenait parfaitement. Montezuma s'installa, un peu sur ses gardes cependant, car une mauvaise surprise restait toujours possible. Sa joie fut sans limites quand il découvrit de gros lambeaux de succulente viande rouge. Il mangea gloutonnement et oublia le monde qui l'entourait. Il ne pensait plus au chien, et l'idée que ce dernier voudrait peut-être récupérer son bien ne lui traversa pas l'esprit.

Matthew et Sam furent absents un certain temps. Faire sortir les vaches à travers la barrière brisée du jardin et les reconduire dans la prairie n'était pas difficile, mais les excuses à M. Varley ne pouvaient être expédiées. Matthew avait eu M. Varley pour voisin depuis sa naissance sur cette terre, et, pendant tout ce temps-là, il n'avait jamais entendu un mot déplaisant de sa part. Et même à présent, en regardant son potager saccagé, le vieil homme se contentait de hocher la tête en tirant sur sa pipe. Il ne faisait de reproche à personne.

— Je suppose que ça m'évitera de retourner la terre à coups de pioche, observa-t-il avec philosophie. On a eu une merveilleuse récolte de légumes, cette année. Alors, je ne vais pas me plaindre.

Matthew mentionna l'assurance de son père, qui pourrait rembourser les dégâts, mais M. Varley ne voulut rien entendre.

— Vous n'y êtes pour rien, dit-il. Les vaches ont brisé la barrière, on ne va pas les engueuler, pas vrai ? Tu me parles d'assurance, non merci, très peu pour moi. Ces choses arrivent, et il n'y a pas grand-chose que l'assurance puisse faire, si ce n'est me donner de l'argent ; mais je n'ai pas besoin d'argent pour biner un carré de légumes. Rentre chez toi, mon garçon, et dis à ton père de ne pas s'inquiéter. Je suis encore capable d'arranger tout ça, tu verras.

Sam attendait avec une impatience croissante pendant que le dialogue s'éternisait. Il avait accompli son travail et voulait maintenant retrouver son os. Quand Matthew eut cessé de s'excuser pour la énième fois et qu'il se détourna pour rentrer chez lui, Sam dépassa son maître et galopa devant, en bavant d'anticipation.

Lorsque Montezuma entendit le chien, il était trop tard. Il fut saisi de surprise, et la panique l'obligea à s'enfuir sans demander son reste. Il jaillit hors du massif de fuchsias par-derrière, alors que Sam arrivait par-devant, mais le chien l'avait vu lécher son os, et c'était suffisant pour lui. La trêve était terminée, la guerre déclarée.

Au-delà de la haie de fuchsias se dressait le mur bas de la porcherie. Montezuma y vit une issue éventuelle. Les enclos des porcs donnant sur les champs devaient être ouverts, comme toujours en été ; en passant par l'un d'eux, il pourrait s'enfuir du côté du verger et grimper dans un arbre. De toute façon, il n'avait plus le temps de réfléchir : le chien était déjà sur lui. Montezuma sauta sur le mur, puis dans la porcherie, et atterrit dans une flaque de gadoue malodorante. C'est alors et alors seulement qu'il s'aperçut que les portes des enclos étaient toutes fermées, et qu'il était pris au piège. Il fit vivement volte-face. Le chien, juché sur le mur, le regardait en grondant, ses babines retroussées sur des crocs étincelants. Sam n'hésita pas, lui sauta dessus, et Montezuma se retrouva plaqué au sol. Il sentit l'haleine brûlante du chien, se contorsionna pour échapper à ses crocs, roulant sur le dos et griffant à l'aveuglette la gueule qui se tendait vers lui. Les crocs s'enfoncèrent dans sa cuisse, provoquant une vive douleur, mais il reprit courage en entendant le chien gémir quand ses griffes lui lacérèrent le museau et que le sang se mit à perler. C'était un combat sans merci, il le savait. Il émit un affreux miaulement et cracha vicieusement, visant les yeux du chien quand celui-ci attaqua de nouveau.

Sam cherchait à le mordre à la gorge. Il avait perdu toute trace de domestication. Le loup, la bête animée d'une férocité de tueur sans merci refaisait surface en lui. Il avait réussi à mordre le chat à deux reprises, près de la gorge, lui concédant au passage l'égratignure d'un œil et du museau ; mais la colère bouillait en lui, et aucune égratignure ne pouvait désormais l'arrêter. Il referma soudain ses crocs sur l'oreille de Montezuma, le souleva en l'air, le secoua jusqu'à lâcher prise. Le chat finit par retomber au sol, à moitié assommé.

Matthew entendit le vacarme au milieu du chemin et il devina ce qui avait dû se passer. Quand il arriva sur les lieux, il était impossible de calmer Sam, qui n'avait plus sa raison. Il sauta par-dessus le mur et tenta de le retenir par le collier, mais le chien se retourna furieusement contre lui et faillit lui happer le poignet. Matthew se précipita sur le seau dont il se servait pour mélanger l'orge des cochons. Il alla le remplir d'eau et revint en courant le jeter sur Sam. Puis il ouvrit la porte de l'enclos et parvint à entraîner le chien au-dehors alors qu'il s'ébrouait encore.

Montezuma gisait sur le dos, ses pattes de devant labourant encore instinctivement l'air, aveuglé par le sang qui coulait de son oreille. Matthew vint lui parler, le caressant doucement pour l'apaiser.

— C'est fini, Monty, lui dit-il. Tout va bien. Te voilà sauvé.

Il le souleva avec précaution dans ses bras.

— Qu'est-ce que tu as fait pour mettre ce chien dans une telle fureur ? J'ai déjà vu Sam tuer un rat, mais il n'a jamais été dans un état pareil. Qu'est-ce que tu as donc fait ?

Dans la cuisine, il nettoya les blessures superficielles de Montezuma. Une fois le sang lavé, le chat ressemblait un peu plus à son ancienne image, mais son oreille était sérieusement endommagée, et sa cuisse avait besoin de points de suture. Matthew et sa mère l'emmenèrent chez le vétérinaire, qui sutura sa cuisse et lui fit une piqûre ; après quoi, pendant deux ou trois jours, il resta près du poêle, refusant de manger, et ne sortant que rarement.

— Il boude, dit la mère de Matthew.

— Il a été remis à sa place, affirma son père. Ce vieux Sam lui a appris une chose ou deux.

— Il souffre ! protesta Matthew. Ça se voit. Il doit avoir terriblement mal.

Ils se trompaient tous les trois. L'orgueil de Montezuma venait de recevoir un affront cuisant. Il avait commis une erreur impardonnable en négligeant de rester vigilant. Il ne ressentait aucune inimitié envers le chien, mais était consumé par la détermination farouche de ne plus jamais se laisser prendre au dépourvu.

L'oreille ne se redressa pas vraiment, la cuisse cicatrisa lentement. Au bout d'une semaine

ou deux, Montezuma avait repris ses déambula-
tions, l'orgueil un peu meurtri, certes, mais encore
intact. De son côté, Sam avait une cicatrice en travers du museau, du sourcil et de la truffe ; c'était
suffisant pour le persuader d'éviter une autre confrontation. Tous deux s'accordaient un respect
mutuel, maintenant, chacun reconnaissant l'autre
comme le roi de son propre domaine.

La cinquième vie

Matthew quitta l'école pour travailler à plein temps à la ferme aux côtés de son père. Comme Montezuma, il avait atteint sa taille adulte maintenant, et tous deux passaient de plus en plus de temps ensemble. L'activité de fermier est solitaire, et Matthew appréciait la compagnie du chat qui le suivait un peu partout. Il ne demandait jamais à Montezuma de venir, mais il s'attendait à le trouver près de lui, et c'était toujours le cas. Où qu'il fût, quoi qu'il fît — tondre les moutons, tailler les haies, rentrer le foin —, le chat était là, même quand Matthew ne pouvait pas le voir.

Au troisième hiver de sa vie, Montezuma avait réussi à s'immiscer dans le sanctuaire du salon et à y faire accepter sa présence. L'invasion avait été progressive et imperceptible, mais il en venait à occuper désormais le bras du canapé le plus proche de la cheminée. Le père de Matthew avait commencé par manifester une farouche résistance en le projetant dans la cuisine, à travers la porte, en plusieurs occasions.

— Je ne veux pas de ça, disait-il. Je passe toutes mes journées en compagnie d'animaux crottés, je n'ai pas envie de les voir prendre possession de mon intérieur.

Mais Montezuma était vacciné contre ses insultes, il revenait subrepticement dans le salon et se cachait derrière le canapé. Un soir, cependant, alors que le père de Matthew était trop fatigué pour s'en soucier, Montezuma reçut la permission de grimper sur le canapé et d'y rester, et, à partir de ce moment, il sut que la bataille était gagnée. Matthew et sa mère eurent assez de tact pour ne jamais attirer l'attention sur le chat quand il ronronnait de façon provocante sur son perchoir dominant le feu de cheminée. Ils échangeaient des regards complices et souriaient en secret devant la subtilité de Montezuma et sa paisible victoire.

Ce fut au moment où les brebis commencèrent à mettre bas que l'incroyable se produisit. Matthew rentra après la traite. Il était allé examiner les futures mères dans les champs, ramenant celles qui semblaient sur le point d'agneler vers la sécurité de la grande grange.

— On dirait qu'il va neiger ! lança-t-il en franchissant la porte de la cuisine. J'ai rentré les brebis, à tout hasard.

Sa mère lui fit signe de se taire, un doigt sur les lèvres. Elle le mena sans bruit vers la porte du salon, et ils jetèrent un coup d'œil à l'intérieur. Le père de Matthew était étendu de tout son long sur le canapé, les pieds sur l'accoudoir — la place habituelle de Montezuma. Le chat avait néanmoins choisi la seule place confortable encore disponible : lové sur l'estomac du brave homme, il s'élevait et descendait doucement au rythme de ses ronflements. Montezuma ne dormait pas, il était trop content de lui pour ça. Il regarda du côté de la porte avec une sorte de clin d'œil ; Matthew et sa mère s'efforcèrent en vain de contrôler leur hilarité, leurs ricanements étouffés éveillèrent le dormeur. Le chat fut assez finaud pour bondir vers la première cachette venue, mais il n'agit sans doute pas assez vite ; il fut saisi par la peau du cou et dut regarder son adversaire nez à nez, les pattes pendantes.

— Plus jamais ça, articula le père de Matthew. Aucun chat ne monte sur moi. En tout cas, pas deux fois. Plus jamais ça.

Et il lança Montezuma comme un boulet à travers la porte, devant Matthew et sa mère qui riaient encore trop pour voler à son secours. Montezuma atterrit sous l'évier de la cuisine, rebondit sur ses pattes et s'enfuit dans la nuit, vexé mais pas vaincu. Il reviendrait faire valoir ses droits plus tard.

Il faisait un froid piquant, les étoiles scintillaient dans les ténèbres, et le chat était resté enfermé presque toute la journée. Au bout du jardin, il s'arrêta, leva le nez et huma l'air. Quelque chose de nouveau flottait dans l'atmosphère, une sorte d'excitation, et cela l'inquiéta. Il entendit les aboiements que les chiens se renvoyaient dans toute la vallée comme ils le faisaient chaque soir, et, plus aigus à son oreille, les appels d'une chatte éloignée. Montezuma écouta intensément pendant un moment, repéra la direction des cris et organisa son itinéraire. Puis il s'en alla d'un pas souple, passa sous la barrière du jardin, longea la haie et descendit vers les champs sombres qui bordaient la rivière.

Cette nuit-là, la neige arriva, doucement d'abord, puis à gros flocons, le genre de neige qui s'amoncelle vite et en silence. Au petit déjeuner le lendemain matin, une couche de trente centimètres de neige s'étendait à l'infini autour de la maison. Les routes se fondaient dans les haies et les haies dans les champs. Le même linceul blanc universel dissimulait la boue près des barrières. La ferme, devenue immaculée, baignait dans un silence impressionnant.

Matthew ne s'inquiétait pas pour ses moutons ; mieux valait laisser la majeure partie du troupeau à l'air libre, à respirer un air vivifiant, plutôt que de l'entasser dans les étables où les maladies pouvaient se répandre facilement. Il avait déjà examiné les brebis ramenées la veille au soir, et aidé à mettre bas des agneaux jumeaux, quand il revint prendre son petit déjeuner. Il s'aperçut alors que Montezuma n'était toujours pas rentré.

— Vous n'avez pas vu Monty ? demanda-t-il. Il vient toujours contrôler les moutons avec moi, mais il n'était pas là ce matin.

— Il reviendra, répondit son père. Il revient toujours, ce chat. Il a passé la nuit à courir le guilledou, je parie. Petit démon !

— Assieds-toi, Matthew, et déjeune, dit sa mère. Et cesse de t'inquiéter pour ce chat. Ce sont les moutons qui devraient te préoccuper. Si la neige continue…

— Elle ne va pas durer, m'man. Elle a déjà cessé de tomber, et le soleil la fait fondre. Il n'en restera plus rien ce soir.

— Surveille quand même ces moutons, fiston. Ils ne supportent qu'une faible profondeur de neige.

— Sois tranquille, papa, dit Matthew. Je suis allé les voir. Ils vont très bien. Ils se sont abrités sous les arbres, près du ruisseau.

— Tu les as comptés ? insista son père. Tu es sûr qu'ils sont tous là ?

— Il n'en manque pas un, papa.

Mais Matthew avait l'esprit ailleurs. Montezuma revenait toujours au petit matin. Il l'entendait miauler sous la fenêtre de sa chambre. Et Matthew lui parlait pendant que le chat le suivait dans ses tâches matinales. C'était la première fois qu'il disparaissait ainsi.

Au cœur de l'hiver, son travail consistait principalement à s'occuper des moutons. Son père s'acquittait de la plupart des autres tâches et lui abandonnait le troupeau. Il fallait sans cesse faire le tour des brebis qui allaient mettre bas, veiller sur elles, les nourrir ; vacciner les agneaux nouveau-nés, les marquer, soigner les plus faibles. Jusqu'ici, l'agnelage avait été excellent, avec très peu de mort-nés. On ne déplorait que la perte de deux agneaux jumeaux, emmêlés dans le ventre de leur mère, et celle d'une brebis qui ne s'était jamais remise de son accouchement.

Matthew s'activa donc toute la journée. Il pensait parfois à Montezuma et l'appelait, mais il n'entendait pas de miaulement lui répondre. Et il n'avait pas le temps de partir à sa recherche.

La neige commença effectivement à fondre dans l'après-midi, et Matthew eut la certitude qu'elle aurait disparu le lendemain. C'est pourquoi il laissa encore le troupeau dehors cette nuit-là, ne ramenant que les brebis sur le point de mettre bas et les jeunes mères. Avant de rentrer à la maison, il retourna une dernière fois contrôler ses moutons; en revenant le long du sentier, les semelles alourdies de neige boueuse, il appela de nouveau Montezuma, à tout hasard, mais aucune réponse ne lui parvint. C'est en pénétrant dans la cour qu'il lui sembla entendre un faible miaulement, en provenance semblait-il du champ qui bordait la rivière. Matthew descendit vers la rivière en courant et s'immobilisa, tendant l'oreille. Il appela deux ou trois fois, mais n'entendit rien de plus. Le chat rentrerait quand il serait prêt à le faire, se dit-il; mais en se couchant cette nuit-là, il était troublé et peu convaincu par son optimisme forcé.

Pendant qu'il dormait, le blizzard se déchaîna. La neige tourbillonnait autour de la ferme, portée par des rafales de vent puissant. Matthew fut réveillé par le vacarme d'une porte qui claquait quelque part au-dehors. Il s'assit dans son lit pour écouter le hurlement de la tempête. Il lui semblait que la maison allait être déracinée à tout moment et s'envoler ; elle tremblait sur ses fondations à chaque bourrasque. Matthew savait qu'il lui fallait se lever. On ne pouvait pas laisser les moutons dehors par un temps pareil. Dans le couloir, il rencontra son père, qui s'était réveillé avec la même idée. Tous deux s'habillèrent rapidement, enfilant de lourdes pelisses et les refermant jusqu'au menton pour se protéger de la tempête.

Matthew alla chercher Sam, qui dormait sur la paille dans un coin de l'étable, et tous trois s'acheminèrent en pataugeant dans la neige vers la grande prairie aux moutons qui bordait la rivière. Le trajet semblait interminable. Par moments, Matthew et son père étaient obligés de marcher à reculons pour éviter la neige qui leur piquait les yeux. Chacun aidait l'autre à se dégager des congères qui s'étaient amoncelées dans le champ. Il leur fallait hurler pour se faire entendre, à cause du bruit du vent, et ils finirent par avoir recours au langage des signes. Les torches électriques dont ils s'étaient munis se révélaient inutiles, incapables de percer le brouillard floconneux. Ils avaient le visage gelé, la neige leur fouettait les yeux, les aveuglait. Ils se battaient contre elle, courbés dans le vent, forçant leurs jambes à avancer.

Finalement, ils découvrirent les moutons abrités sous les arbres, au coin de la prairie, là où la haie rejoignait le ruisseau. Ils étaient serrés les uns contre les autres, en un grand rassemblement confus et blanc. Sam exécuta du très bon travail cette nuit-là. Bondissant à travers des amas de neige deux fois plus hauts que lui, il reconduisit le troupeau en rangs bien nets par-dessus la colline et le dirigea vers la cour de la ferme. Ce fut un long et pénible parcours, car certains moutons voulaient retourner à l'abri qu'ils venaient de quitter.

Les compter se révéla difficile. Les moutons se déplaçaient les uns autour des autres comme des molécules aimantées. Après deux vérifications, ils durent accepter la sinistre vérité — il manquait six brebis et leurs agneaux. Ils explorèrent en vain la neige, et la tempête les obligea à regagner la maison, épuisés et transis. Ils s'assirent en silence autour de la cuisinière, chacun se laissant submerger par son propre accablement.

— Monty aura beaucoup de mal à s'en sortir, dit Matthew.

— Ne t'inquiète pas, le rassura sa mère. Il s'est probablement abrité quelque part, comme l'ont fait les moutons.

— J'espère que tu as raison, ma chérie, dit le père de Matthew d'une voix éteinte.

Il avait l'air brisé, plus vieux que d'habitude.

— Dès que la tempête se sera calmée, nous irons fouiller chaque congère, reprit-il. Les brebis perdues sont peut-être dessous. Mais si ça continue comme ça, elles ne tiendront pas longtemps.

Le blizzard continua pendant deux jours et deux nuits. Les canalisations d'eau gelèrent, l'électricité fut coupée, le téléphone ne marchait plus. Matthew et son père restaient bloqués de tous côtés par des amas de neige qui semblaient plus imposants chaque fois qu'ils les regardaient, voilant le peu de lumière qui entrait encore par les fenêtres, et comblant les chemins à hauteur des haies. Les tracteurs étaient devenus inutilisables. Il fallait transporter les balles de foin à bout de bras. Il n'y avait plus que cela à faire — continuer à alimenter le troupeau — et ils passaient leurs moments de liberté à dégager des pelletées de neige devant les portes et à ouvrir des sentiers menant aux différents bâtiments de la ferme.

Le matin du troisième jour, le vent tomba et le soleil se mit à briller. Ils pouvaient repartir à la recherche des animaux manquants. Montezuma ne se manifestait toujours pas. Matthew avait fouillé chaque grange, chaque étable. Il criait son nom à travers l'immense étendue blanche tout en sachant que c'était peine perdue. Avec un mètre de neige un peu partout, et des congères de cinq mètres de haut, même sa confiance aveugle dans la faculté de survie du chat faiblissait. Il se concentra sur les brebis perdues et essaya d'oublier Montezuma.

Chaque heure disponible se passait maintenant à sonder les congères. Les pieux de la corde à linge, des manches à balai, tout ce qui était assez long était utilisé. Ils travaillèrent méthodiquement, en commençant par le périmètre de la prairie. Le premier jour après la tempête, ils sondèrent ainsi le bord de la rivière et n'y trouvèrent rien. Mais le lendemain matin, ils découvrirent leur première brebis piégée sous un amas de neige, près du bois où le troupeau avait trouvé refuge. Elle gisait, morte, son agneau à ses côtés. C'était un triste présage, dans lequel ils puisèrent néanmoins le courage nécessaire pour continuer leurs recherches. Matthew et son père subissaient à présent un épuisement si profond qu'ils avaient cessé de se parler. Une fois nourris et réchauffés à la maison, ils étaient de nouveau dehors, sondant les tas de neige avec la commune et tacite détermination de ne pas abandonner.

Trois jours plus tard, une semaine après le début de la tempête, alors que tout espoir de retrouver le moindre animal encore vivant s'était évanoui, le bâton de Matthew rencontra quelque chose de mou. Tel un pêcheur surpris de sentir sa ligne tirer, Matthew refusa de croire à cette première impression. Il enfonça de nouveau son bâton, appuya doucement. Il y eut d'abord comme une résistance, puis la chose bougea. Matthew poussa un cri d'excitation, et, en moins d'une seconde, son père avait jeté sa sonde et creusait la neige à ses côtés. Il s'agissait d'une gigantesque congère qui s'élevait à mi-hauteur du tronc d'un énorme vieux chêne, dont les racines saillaient à la surface du sol en créant tout un réseau de trous et de cachettes — un endroit où les agneaux aimaient bien jouer. En une demi-heure, ils dégagèrent la base de l'arbre. Matthew rejeta fiévreusement une dernière brassée de neige et regarda entre les racines.

— Ils sont là, annonça-t-il. Ils sont là tous les cinq, et vivants ! Les agneaux comme leurs mères ! Tout le monde est vivant !

Comme pour prouver ses dires, un des agneaux émit alors un bêlement déchirant. Le reste fut facile. Ils achevèrent de dégager l'arbre et extirpèrent un par un les brebis et leurs agneaux.

Matthew tendait la main pour attraper le dernier agneau quand il repéra quelque chose qui gisait derrière une racine. D'abord, il crut avoir affaire à un autre agneau, car la chose était recouverte d'une pellicule de neige ; mais les agneaux ne miaulent pas et n'ont pas un pelage roux. Montezuma émergea en titubant, secoua la poudre blanche qui lui recouvrait le dos. Il regarda Matthew, plissant les yeux sous le soleil. Matthew le souleva délicatement dans ses bras, le serra contre lui. Il se tourna vers son père.

— Regarde ce que j'ai trouvé, dit-il. Un chat ressuscité d'entre les morts !

La sixième vie

Pour Matthew, ce ne furent pas les jonquilles ou les primevères qui annoncèrent le printemps, mais les roucoulades des pigeons ramiers dans les hautes branches des ormes, derrière la grange. Il s'arrêta pour les écouter un matin alors qu'il traversait la cour. Le printemps était une période de dur labeur pour la ferme. L'agnelage à peine terminé, il fallait penser à labourer les champs pour y semer l'orge et le blé. Par temps sec, les longues journées se passaient à chevaucher les tracteurs et à retourner la terre; et quand il se mettait à pleuvoir, on était inquiet à l'idée que cela ne cesserait jamais, et qu'on serait en retard pour les semailles. Les roucoulades des pigeons apportèrent à Matthew l'espoir de l'été proche et de la chaleur du soleil sur sa peau.

Montezuma l'accompagnait ce matin-là comme de coutume, tout en restant à distance, car on menait paître pour la première fois les jeunes agneaux, et Sam courait çà et là, l'air sérieux et affairé. Comme Matthew, Montezuma avait entendu les pigeons et appréciait leurs roucoulades printanières, mais pas pour les mêmes raisons. Il dressa sa bonne oreille et leva la tête ; le soleil qui filtrait à travers les branches l'éblouit, et il dut se détourner. Il avait localisé la provenance des sons, et il s'en souviendrait.

Montezuma était à présent un chasseur émérite, et la saison de la chasse aux oiseaux commençait pour lui. Le secret de son succès résidait dans sa mémoire infaillible, qui enregistrait méticuleusement l'emplacement de chaque nid. Le chat épiait les allées et venues des oiseaux nourrissant leur progéniture. Il veillait, silencieux et immobile à l'ombre des haies, guettait les pépiements stridents annonçant l'apparition des oisillons. Il était toujours là pour ramasser ceux qui avaient le malheur de tomber du nid avant de savoir voler. Tout rouge-gorge suffisamment suicidaire pour se poser trop près du sol finissait dévoré.

On n'aimait pas beaucoup Montezuma durant cette période. On lui jetait des bottes à la tête plus souvent qu'à l'ordinaire, et il ne recevait ni récompense ni félicitations quand il rapportait une bergeronnette assassinée et la laissait tomber sur le carrelage de la cuisine afin que tout le monde l'admire. Son talent n'étant pas apprécié, il rentrait à la maison moins souvent, préférant passer ses journées à patrouiller dans son territoire de chasse autour de la ferme. Et il n'en oubliait pas pour autant les pigeons roucoulants.

Les labours étaient terminés, à présent, et la boue hivernale avait cédé la place à une terre meuble. L'herbe montait dans les prairies, on s'apprêtait à la faucher d'un jour à l'autre. L'air sentait déjà l'été.

Le chat se tenait tapi sous l'avancée du toit de la vieille grange, et il tendait l'oreille. Plusieurs fois par jour, il revenait à cet endroit écouter ses pigeons. Il avait déjà tendu des embuscades aux parents, sans succès. Montezuma savait que ses chances étaient minces, mais il appréciait le défi. Un pigeon était une récompense rare, une proie difficile qui demandait beaucoup de patience. À tout instant, maintenant, les pigeonneaux s'avanceraient en titubant hors de leur nid pour tenter leur premier vol expérimental. C'était le moment qu'il attendait. Les pigeons s'attrapaient plus facilement quand ils étaient trop vieux ou trop jeunes ;

trop vieux pour s'enfuir, trop jeunes pour savoir le faire.

Le nid, installé dans un renfoncement de la toiture endommagée, au-dessus de sa tête, était étrangement silencieux cet après-midi-là, et, au début, le chat le crut vide. Puis une roucoulade lui parvint du hêtre près de la mare aux canards, et il repéra les parents qui claquaient des ailes et revenaient se poser quelque part sur le toit. Montezuma courut sur les pavés de la cour et grimpa dans un orme qui surplombait la grange. Il surprit un écureuil en train de se faufiler dans l'arbre mais ne le prit pas en chasse; il ne chassait jamais au hasard. Du haut d'une branche, il pourrait mieux observer le nid. Il n'eut cependant pas besoin de le surveiller bien longtemps. Là, sur le rebord du toit couvert de lichen, il vit toute la famille : les pigeonneaux et leurs parents alignés côte à côte. Atteindre les tuiles exigeait un bond gigantesque, mais Montezuma l'avait déjà exécuté plusieurs fois. Il s'avança avec précaution aussi loin que la branche pouvait le porter et se lança dans l'air, à six mètres au-dessus du sol. Son atterrissage fut parfait. Ses griffes s'enfoncèrent dans le lichen gris, il se déplaça le long des tuiles et descendit sur l'avancée du toit. Les parents s'étaient déjà sauvés à tire-d'aile, mais les

trois petits semblaient incapables ou peu dési-
reux de s'envoler. En voyant le chat approcher, ils
se bousculèrent et se tournèrent de-ci, de-là, avec
inquiétude. Puis l'un d'eux décida d'effectuer le
plongeon et s'élança, à moitié voletant, à moitié
tombant, battant frénétiquement des ailes pour
rester en l'air ; il finit par réussir et descendit
comme une flèche vers la cour de la ferme, où il
se posa sur la margelle de l'abreuvoir.

Il n'en restait plus que deux, mais cela suffisait au chat. Il progressa peu à peu vers eux, sa
queue s'agitant d'un côté et de l'autre. À quelques
pas, il s'arrêta, s'aplatit et les surveilla de façon
hypnotique. Toute sa force était concentrée dans
ses pattes arrière, qu'il déplaça imperceptiblement
pour trouver l'équilibre parfait. Les deux pigeonneaux ne bougèrent qu'en voyant le chat sauter ;
ils s'envolèrent dans un battement désordonné
d'ailes impuissantes. Mais le plus proche avait
pris son essor trop tard, il tomba comme une
pierre sur les pavés de la cour, la partie supérieure d'une aile arrachée par un puissant coup de
griffes.

Montezuma fut déçu par ce résultat pas très
propre, cette mise à mort à demi réussie ; il avait
mal évalué leur réaction. Mais là-bas, dans la
cour, gisait le pigeonneau qui s'agitait faiblement

pour tenter de se soulever du sol. C'était une compensation suffisante. Les deux autres avaient rejoint leurs parents dans les branches du hêtre, ce qui n'importait plus. Montezuma n'eut guère besoin de se presser pour descendre du toit, sauter sur le muret de la cour et se frayer un chemin jusqu'à sa proie ; le chat était sûr que l'oiseau, infirme, ne se sauverait pas.

Il arriva par le jardin, contourna un gros tas de fumier et se figea sur place. Le pigeon se trouvait à l'endroit prévu, battant encore des ailes. Mais Montezuma ne le regardait pas. De l'ombre d'une étable au bout de la cour venait de surgir un énorme chat noir dont le pelage luisait au soleil. Il avait repéré l'oiseau blessé et s'acheminait vers lui pour l'achever. Les deux chats se virent au même moment et s'arrêtèrent pile. La seule chose qui bougeait dans la cour, c'était le pigeonneau agonisant.

Montezuma poussa son cri de guerre et se rapprocha lentement, le dos arqué, le pelage frissonnant. Il avait oublié le pigeon. Tout ce qui comptait, c'était ce rival qui le défiait du bout de la cour. Les deux chats se dirigèrent l'un vers l'autre à pas comptés, en proférant de terribles menaces, dont aucun ne tint compte. Montezuma n'avait jamais vu ce chat auparavant, il lui fallait prendre le temps de l'évaluer. Il regarda le chat noir se déplacer, nota la puissance de son encolure ; il fixa ses yeux jaunes et y chercha une trace de faiblesse, mais n'en trouva aucune. Une fois de plus, il bomba le dos et cracha de colère. Le chat noir cligna des yeux, se tassa sur lui-même, et bondit. Les deux félins se heurtèrent et retombèrent au sol, pêle-mêle. Montezuma se dégagea le premier et griffa la gueule noire de l'ennemi. Ce dernier, qui était jeune et ne savait qu'attaquer, revint à la charge ; mais cette fois, Montezuma était préparé, il fit un écart, donnant au passage un puissant coup de griffes sur la tête du chat noir. Le sang perla sur la fourrure sombre et retomba sur les pavés de la cour.

C'eût été suffisant pour conclure la plupart des litiges, et Montezuma resta sur ses positions, s'attendant que le chat noir se retire piteusement. Pour l'encourager à le faire, il poussa son hurlement de victoire. Pendant plusieurs minutes, le chat noir resta là, à faible distance, apparemment peu enclin à poursuivre le combat ; mais il n'en refusait pas moins de céder, de partir. Montezuma s'étonna. Cet intrus s'obstinait à occuper son territoire. Une fois encore, son cri de victoire retentit à travers la cour ; le chat noir se contenta de le regarder avec arrogance, pas du tout impressionné.

Furieux, Montezuma se jeta de nouveau sur lui, et ses griffes frappèrent à la vitesse de l'éclair. L'autre riposta de front à cette attaque, et tous deux roulèrent dans la poussière, mordant et griffant avec une haine frénétique. Montezuma savait désormais qu'il avait mal jaugé son adversaire. Il devinait qu'il avait affaire à un égal en matière de force et de rapidité, et qu'il risquait de recevoir coup pour coup. Quand ils se séparèrent et reculèrent un instant pour souffler, il songea qu'il ne s'agissait pas là d'une confrontation ordinaire. Il était déjà gravement blessé, son oreille valide saignait, lacérée. Cette bataille mettait sa suprématie en jeu ; la perdre équivaudrait à perdre son royaume. Pour la première fois depuis son enfance de chaton, Montezuma redouta la défaite ; pour la première fois, il se sentit fatigué, ébranlé.

Les deux adversaires s'observaient, la queue fouettant l'air, chacun s'efforçant de renchérir sur les feulements menaçants de l'autre. Mais pendant tout ce temps, et contrairement au chat noir, Montezuma réfléchissait, mettait au point sa stratégie. S'il voulait survivre, il devait agir en finesse. La trêve dura encore un peu, jusqu'à ce que les deux chats aient repris leur sang-froid. Ils se remirent alors à échanger quelques escarmouches sans s'infliger de sérieuses blessures, et c'est après un de ces affrontements que Montezuma gémit soudain de douleur, se détourna délibérément et se sauva — mais pas trop loin. Le chat noir le pourchassa, ainsi qu'il l'espérait, et se jeta sur lui. Montezuma n'attendait que ça. Il roula sur le dos avant que l'autre n'ait le temps de le mordre, et, ce faisant, trouva la gorge du chat noir exposée et sans défense. Il y planta ses crocs. La morsure était précise et profonde. Il sentit l'autre relâcher son étreinte et sut, à son hurlement, que la morsure avait été bien placée. Le chat noir détala sans demander son reste et s'éloigna dans les champs. La feinte avait fonctionné comme prévu, mais le prix de la victoire était lourd : l'oreille déjà lacérée avait été de nouveau mordue et saignait abondamment.

Matthew trouva Montezuma par hasard à la tombée du soir, en allant graisser la tondeuse à gazon. Le chat était étendu près de l'abreuvoir, la tête baignant dans une mare de sang. Non loin de là, devant la porte de la grange, un pigeonneau gisait inanimé sur le pavé. Le chat avait l'air plus mort que vif, ses yeux étaient vitreux, il respirait à peine.

— Il a perdu beaucoup de sang, mais c'est sans gravité, déclara le vétérinaire après lui avoir injecté un antibiotique et pansé ses blessures. Il devrait s'en remettre, et ses deux oreilles seront assorties, maintenant. J'ai l'impression qu'il a eu du mal à s'en tirer. Il se bat beaucoup, je suppose ?

— Oui, murmura Matthew en caressant le guerrier blessé. Mais il gagne toujours.

Plus tard, le père de Matthew observa :

— Il a dû recevoir une sacrée raclée, cette fois.

— Il se débrouille très bien, tu sais, protesta Matthew, sur la défensive. Il est peut-être un peu moins vif, mais pas un chat ne lui arrive à la cheville.

Matthew se sentait presque insulté par cette supposition que Montezuma pouvait avoir perdu une bataille.

— Il n'est plus tout jeune, reprit son père. Encore une ou deux bagarres comme celle-là, et on ne pourra plus recoller les morceaux.

— Peut-être que l'autre chat est dans un pire état, répliqua Matthew. Qui sait ?

— Eh bien, il ne peut pas être beaucoup plus mal en point que Monty en ce moment, non ?

Le père de Matthew voulait toujours avoir le dernier mot, mais sa remarque sonnait juste. Montezuma était affalé dans son panier près de la

cuisinière, couvert de cicatrices, étourdi et pante-
lant ; cependant, tandis qu'ils le regardaient, ses
halètements se transformèrent peu à peu en ce
profond ronronnement de satisfaction qu'ils con-
naissaient si bien.

— Qu'est-ce qu'il lui prend de ronronner
comme ça ? s'étonna la mère de Matthew. Il ne
devrait pas ronronner, il est pratiquement mort.

— Je parie que l'autre chat n'est pas en train
de ronronner, lui, dit Matthew.

La septième vie

Avec les années, les frontières de Montezuma reculèrent. Jeune chat, il s'était satisfait de sillonner les environs de la maison, et d'y rentrer régulièrement prendre ses repas. Il avait les haies, les bâtiments de la ferme et les terrains alentour à explorer ; là, avec sa connaissance des lieux et son expérience, il pouvait toujours débusquer une forme quelconque de gibier. Mais au-delà s'étendait un vaste territoire sauvage et inconnu où la chasse, quoique plus hasardeuse, n'en était pas moins excitante.

D'autres raisons le poussaient à s'éloigner toujours plus. Les chattes locales étaient séparées par de grandes distances, et un matou se devait de courir après les chattes pour conserver sa dignité. Montezuma avait peut-être déjà engendré une centaine de chatons au cours de sa vie passée. D'innombrables chattes de gouttière, quelques persanes, siamoises, et même une mince et aristocratique abyssine avaient succombé à son charme rude, et la paroisse était peuplée de sa progéniture, dont une grande partie arborait la tache blanche révélatrice sur son poitrail. Son succès auprès des dames ne faisait que l'inciter à se dépasser dans ce domaine, et il se mit à s'aventurer de plus en plus loin, à la recherche de nouvelles partenaires. C'est au cours d'une de ces expéditions que Montezuma présuma un peu trop de sa chance et se retrouva dans une fâcheuse situation.

Au fur et à mesure que le temps passait, Matthew en vint à endosser de plus en plus de responsabilités à la ferme. C'était l'époque des moissons, on venait de terminer celle de l'orge et la fenaison, les balles de foin s'amoncelaient dans la grange. Avec son père et sa mère, Matthew s'échinait toute la journée dans les champs de blé, car il fallait profiter d'une succession de jours d'une chaleur torride, et chaque moisson se faisait dans l'urgence, au cas où le temps se mettrait soudain à la pluie. Tous trois travaillaient tard, rapportant les sacs d'épis et les bottes de paille juste avant la tombée de la nuit. Tant d'activité ne laissait guère le loisir de s'inquiéter du chat ; aussi, pendant deux ou trois jours, personne ne remarqua son absence. Et quand on s'en aperçut, Montezuma se trouvait à des lieues, et il avait de gros ennuis.

Montezuma ne s'était encore jamais aventuré au-delà de la grand-route qui traversait les collines, à plusieurs kilomètres de la ferme. Il se tenait à présent au bord d'un fossé d'herbe haute, le long de cette route, et observait la circulation qui filait sous ses yeux dans un vacarme infernal. Il avait rabattu ses oreilles en arrière et son cœur battait la chamade ; cet endroit ne lui convenait pas. Il était déjà venu jusqu'ici au cours d'expéditions précédentes et avait vaguement examiné le mystérieux domaine qui s'étendait de l'autre côté de la route, mais son bon sens lui avait toujours dicté de s'arrêter là et de rebrousser chemin. Cette fois, cependant, Montezuma suivait l'odeur d'une chatte qui l'attirait comme un aimant ; cette fois, quelque chose lui demandait de continuer, de traverser. C'était plus fort que lui.

Il s'agissait d'une route à deux voies que séparait une large bande de gazon semée d'arbustes. Montezuma prit son temps pour évaluer la vitesse des voitures qui approchaient et s'éloignaient en rugissant. Il demeura ainsi plusieurs minutes, à tourner la tête d'un côté et de l'autre tel un métronome irrégulier, jusqu'à être sûr que la prochaine voiture était encore assez loin pour lui permettre une tentative de traversée. Il prit sa décision, s'avança sur le macadam qu'il découvrit brûlant sous ses pattes, et atteignit en quelques bonds l'îlot de verdure. C'est en atterrissant qu'il se coupa sur un tesson de verre et qu'il sentit une douleur aiguë dans la patte arrière. Il se dirigea en boitillant vers l'ombre d'un buisson épineux et s'allongea dans l'herbe pour examiner les dégâts. Tout en se léchant avec précaution, il constata qu'une longue plaie lui fendait la patte. Il la nettoya consciencieusement, et resta étendu à l'ombre en attendant que le sang cesse de couler.

À la tombée du soir, il était prêt à repartir, mais il avait renoncé à son expédition en pays inconnu, de l'autre côté de la route. Il ne voulait plus que rentrer chez lui et retrouver la sécurité de la ferme. Il retourna en boitant se poster au bord de la route, maintenant sa patte blessée bien au-dessus du sol, et se remit à attendre patiemment une pause suffisante dans le flot de la circulation pour traverser en sens inverse. Les accalmies se présentaient les unes après les autres, mais le chat était incapable de bouger. Chaque fois, il décidait d'attendre la prochaine occasion, puis la suivante, et encore la suivante. Son assurance s'effritait. Avec seulement trois pattes à sa disposition, sa faculté de calculer les risques n'était plus la même.

Quand il se résolut enfin à effectuer la traversée, il redoutait dès le départ de ne pas courir assez vite pour parvenir à temps de l'autre côté. À mi-chemin, ses nerfs le lâchèrent, et il repartit préci-pitamment vers la bande de verdure. Là, il s'étendit de nouveau, misérable, et lécha sa patte doulou-reuse. Autour de lui, les voitures et les camions rugissaient en une interminable procession ; et la circulation paraissait s'intensifier au fur et à me-sure que la nuit tombait. Montezuma était pri-sonnier sur son île, étourdi par le bruit ; et la faim, la peur, la perte de sang se combinaient pour le faire trembler de la tête aux pieds. Il se sentait en pleine confusion, totalement perdu. Il avait besoin d'aide, et il se mit à appeler au secours ; mais ses miaulements furent noyés par le grondement des moteurs et le vacarme continu des pneus roulant sur le macadam.

Le sergent-major Sydney Shannon détestait les routes à grande circulation et les évitait chaque fois qu'il le pouvait ; mais celle-ci croisait son chemin, et il fallait bien la franchir. « Le vieux Syd » — ainsi le nommait-on un peu partout — était une sorte de clochard campagnard. Il avait décidé depuis longtemps de fuir le monde des humains, et ne parlait à personne à moins d'y être obligé. Il passait sa vie dans les bois et les champs, là où les hommes n'exerçaient pas encore complètement leur domination ; là où l'on pouvait écouter respirer la nature, et où l'on avait suffisamment d'espace à sa disposition pour vagabonder. Mais les routes gagnaient peu à peu du terrain, coupaient les collines et les champs. C'était une intrusion, une invasion, et les gens qui fonçaient dessus au volant de leurs bolides ne valaient pas mieux que des bandits de grand chemin. Il les considérait avec une certaine pitié, associée à un considérable mépris.

Levant la main tel un policier réglant la circulation, il se dirigea d'un pas martial vers l'îlot de verdure au milieu de la route, son grand sac militaire jeté sur l'épaule. Les voitures freinèrent en crissant des pneus sur des centaines de mètres, et on entendit un concert de coups de klaxon indignés que le vieux Syd ignora complètement. En approchant de la bande verte, il repéra un chat couché dans l'herbe à quelques mètres devant lui. Le vieux Syd déposa son sac à terre et se pencha sur l'animal.

L'instinct de Montezuma lui dictait de se sauver en courant, car la créature qui le regardait avait l'air bien étrange. Le vieux Syd était un grand homme au visage boucané, sillonné de rides profondes, avec une crinière de cheveux blancs qui lui retombait sur le front. Il portait ce qu'il portait toujours, été comme hiver, à savoir un pantalon kaki enfoncé dans une paire de grandes bottes noires, et une chemise kaki élimée au col. Son sac contenait une capote militaire roulée en boule, une bouilloire et son rasoir.

— N'aie pas peur, fiston, murmura-t-il. Ce n'est que le vieux Syd, et il ne te veut aucun mal. N'aie pas peur.

La voix était chaleureuse et douce, et Montezuma sentit qu'il venait de trouver un ami. Il n'opposa aucune résistance quand l'homme s'agenouilla et tendit la main vers lui. Le chat se redressa et poussa sa tête contre cette main accueillante.

— Tu as mal à la patte, fiston ? On va s'occuper de ça dès qu'on aura filé d'ici. C'était pas la peine d'attendre que l'un d'eux te porte secours, tu sais. Ils ne s'arrêtent jamais. Ils ne s'arrêtent pas pour les gens, alors pour un chat, tu penses ! Ils t'écraseraient plutôt et diraient après qu'ils regrettent. Ils sont tellement pressés.

Il souleva le chat, ouvrit son sac et le déposa à l'intérieur. Puis, tenant le sac contre sa poitrine, le vieux Syd alla se poster de l'autre côté de l'îlot et leva la main d'un geste impérieux. Il s'avança sur la route et resta un moment immobile, jambes écartées, faisant face aux voitures jusqu'à ce que la circulation s'arrête à nouveau.

— Voilà comment on doit s'y prendre, fiston, expliqua-t-il. C'est le seul moyen.

Et il traversa lentement. Une fois parvenu à destination, il fit une révérence moqueuse aux automobilistes furieux qui lui lançaient des insultes, puis passa la jambe par-dessus une barrière et s'éloigna à travers champs.

— Je suppose que tu vis de ce côté-ci, dit-il. De l'autre côté, il y a plein de gens, et aucun chat sensé ne voudrait vivre avec des gens.

Pendant quelques jours, après s'être aperçu que Montezuma avait disparu, Matthew ne s'inquiéta pas trop. Il connaissait le chat depuis près de dix ans maintenant, et le jugeait capable de survivre à n'importe quelle épreuve ; mais au bout d'une semaine, sa conviction commença à faiblir. Il allait l'appeler dans tous les recoins de la ferme quand il ne travaillait pas, et demandait à ceux qu'il rencontrait s'ils n'avaient pas vu un chat roux avec une tache blanche sur la gorge, sans doute en piteux état. À la maison, il s'efforçait de ne pas partager le pessimisme de son père.

— Il existe plusieurs façons de mourir, pour un chat, déclara celui-ci. Et il n'est pas immortel, tu sais.

— Il reviendra un jour, tu verras, affirma Matthew, tout en sachant qu'il se mentait à lui-même.

— Les autos, les camions, la noyade, l'empoisonnement... il y a des tas de dangers là dehors pour un chat errant. Même un renard, vois-tu, peut manger un chat quand il n'a rien d'autre à se mettre sous la dent.

Le père de Matthew secoua la tête et ajouta :

— À ta place, je ne me ferais pas trop d'illusions. Il faut savoir se résigner au pire, mon garçon.

— Il n'est pas si vieux que ça, papa, objecta Matthew. Et je croirai que Monty est mort lorsque je verrai son cadavre.

Les jours se succédaient, s'étiraient en semaines, et Montezuma ne rentrait toujours pas à la maison. À présent, Matthew lui-même devait faire face à la probabilité de sa mort. On ne parlait plus du chat dans la maison ; et le père de Matthew se retenait de faire d'autres spéculations. Car les spéculations menaient désormais à la même conclusion, et chacun gardait les siennes pour soi, afin de ne pas révéler aux autres ses pires craintes.

Au bout de trois semaines, la mère de Matthew prit la litière du chat près de la cuisinière et alla la brûler dans le verger. Matthew remarqua sa disparition le soir, mais il ne fit pas de commentaire. C'était inutile.

À quelques kilomètres de là, dans les prairies marécageuses qui bordaient la rivière, le vieil homme et le chat avaient établi leurs pénates dans une cabane de pêcheur abandonnée. La patte de Montezuma cicatrisait parfaitement, et il passait ses journées à dormir au soleil sur la berge pendant que le vieux Syd pêchait des truites. Tous deux vivaient d'un régime de truite et de lait. Le lait était fourni discrètement par une vache de race Jersey qui broutait rêveusement sur une colline proche, constellée de boutons-d'or. Elle se tenait très tranquille pendant la traite, ne jetant qu'à l'occasion un œil inquisiteur sur ce qui se passait sous elle. Le vieux Syd lui parlait en remplissant sa gourde de bon lait tiède. Les truites étaient tout aussi faciles à saisir pour le vieil homme. Il fabriquait ses propres mouches avec les poils du chat, et il avait trouvé de vieux hameçons dans la cabane. Il ne fallait pas attendre bien longtemps pour voir sa canne à pêche, improvisée à partir d'un roseau, s'agiter entre ses mains ; et il retirait bientôt de l'eau une autre truite étincelante. Aucun chat ne refuserait une alimentation à base de truite fraîche et de lait, et Montezuma ne faisait pas exception à la règle.

Chaque nuit, en rentrant de ses excursions dans les prairies, il trouvait le vieux Syd éveillé dans la cabane, en train de croasser d'une voix profonde et éraillée des airs contenant un roulement de tambour dans chaque note. C'étaient des marches militaires, et il les chantonnait encore et encore, sa main caressant l'échine du chat. Le vieux Syd n'avait pas l'habitude de parler à qui que ce soit en dehors de lui-même, mais maintenant, il avait trouvé un auditoire parfait. Le chat se couchait près de lui la nuit, et l'écoutait raconter ce qu'il n'avait jamais révélé à un autre être vivant. Il lui parlait de la terrible guerre qu'il avait menée, des hommes qu'il avait vus mourir, des hommes qu'il avait tués, des obus, des balles, de la peur au ventre. Il lui parlait de son retour au foyer, de sa rue saccagée, de sa maison en ruine, des tombes de sa femme et de ses enfants. Il lui parlait de l'hôpital où on l'avait enfermé avec les fous, pendant qu'au-dehors les hommes continuaient à s'entre-tuer sous les bombes. Le chat ronronnait pendant ce discours, enfonçant volup-tueusement ses griffes dans la vieille capote mili-taire qui leur servait de couverture.

— J'aurais bien aimé être un chat, déclara un soir le vieil homme en regardant son compagnon. Ça doit être agréable de ne pas savoir. De ne rien savoir du tout.

Quelques jours plus tard, le garde des eaux et forêts arriva en compagnie d'un policier et du fermier auquel appartenaient la vache de race Jersey et la colline aux boutons-d'or. Le vieux Syd était en train de pêcher quand il les vit venir. Il jeta sa ligne dans la rivière et avala la dernière goutte de lait.

— On a des ennuis, fiston, chuchota-t-il au chat. Sauve-toi tout de suite, sinon ils vont t'en-voyer à la fourrière, et je ne voudrais pas de ça.

Mais le chat resta assis à sa place habituelle, près de lui.

— Tu as encore remis ça, Syd, commença le garde des eaux et forêts. On t'avait pourtant suf-fisamment averti !

— Bien le bonjour à vous aussi, rétorqua le vieux Syd.

— Voici M. Hildstock, poursuivit le garde en ôtant sa casquette pour s'essuyer le front. Il dit que tu t'en es pris à sa Miranda.

— Miranda? s'étonna le vieux Syd. Qui est Miranda?

— Ma vache, voilà qui c'est! tonna M. Hildstock, qui avait la face rougeaude et le menton en galoche. Je vous ai vu la traire tous les soirs!

— Juste un peu, fermier, juste un peu. Seulement pour moi et pour le chat.

Le vieil homme donna un petit coup de pied dans les côtes de Montezuma.

— Vas-y, fiston! Sauve-toi avant qu'ils ne t'attrapent!

Mais le chat ignora ce conseil et se contenta de se mettre hors de sa portée.

— Syd, reprit le garde, c'est du vol et du braconnage, et on ne peut pas te le permettre.

— Non, je suppose que non, fils. Après tout, tu fais ton boulot. Mais laisse le chat tranquille, il n'a rien fait. Laisse-le filer, je t'en prie.

— Il appartient peut-être à quelqu'un, hasarda le garde.

— Il n'appartient à personne, fils. Comme moi. Nous sommes de la même espèce, tous les deux.

Il se baissa et ramassa une pierre qu'il jeta au chat. Il lui parla durement pour la première fois, et Montezuma dressa les oreilles.

— Tu vas ficher le camp, bougre d'animal ? Tu ne vois donc pas qu'ils vont t'attraper ? Allez, ouste !

Montezuma détala en voyant voler une autre pierre au-dessus de sa tête. Il évita le fermier qui tendait les mains pour le saisir au passage, et fila le long de la berge en direction des bois.

— Cours ! cria joyeusement le vieux Syd. Cours comme le vent !

Puis il se tourna vers les deux hommes.

— Vous ne l'aurez pas, maintenant. Vous ne l'aurez pas. Moi, je suis prêt. Donnez-moi le temps de prendre mes affaires.

Ce soir-là, de lourdes gouttes de pluie succédèrent soudain à la longue sécheresse des moissons. Un ciel de plomb pesait sur la ferme. Les mouches avaient subitement disparu, et, un peu partout, les chiens se cachèrent en entendant les lointains roulements du tonnerre. À la ferme, l'électricité fut coupée, on sortit les chandelles, et tout le monde se coucha tôt. Vers minuit, quelqu'un frappa à la porte. Matthew descendit le premier. C'était M. Varley, leur proche voisin.

— Désolé de vous déranger si tard, dit-il. Mais j'ai pensé que vous aimeriez être prévenu le plus vite possible.

— Que se passe-t-il ? s'étonna Matthew en nouant sa robe de chambre. Un ennui ?

— C'est ton chat, Matthew. Tu te souviens que tu m'as demandé de guetter son éventuel retour ? Eh bien, je l'ai fait, et en rentrant tout à l'heure d'une réunion au village, je crois que je l'ai trouvé.

— Montezuma ? Vous avez trouvé Monty ?

La mère et le père de Matthew venaient de le rejoindre, et tous trois parlaient en même temps.

— Où est-il ? interrogea Matthew.

— Dans le coffre de ma voiture, là dehors. Mais il est mort, j'en ai peur.

— Mort ? articula Matthew. Pas Monty ! C'est impossible !

Il avait les larmes aux yeux pour la première fois depuis sa petite enfance. Son père s'avança.

— Vous êtes sûr, monsieur Varley ? Vous êtes sûr que c'est lui ?

— En tout cas, il lui ressemble, répondit ce dernier. Mais après tout, c'est votre chat, vous êtes meilleur juge. Vous feriez mieux de venir vérifier vous-mêmes. C'est la seule façon d'en avoir le cœur net.

Ils braquèrent des torches électriques dans le coffre de la voiture, tandis que la pluie leur cinglait le dos.

— C'est bien lui, affirma le père de Matthew.

Le chat mort était trempé jusqu'aux os, il avait la fourrure souillée de boue, mais on ne pouvait douter qu'il s'agissait d'un chat roux aux oreilles en fort mauvais état. Matthew souleva la couverture sur laquelle gisait l'animal et emporta le tout dans la vieille grange. Il étendit doucement le chat par terre et tout le monde l'examina de nouveau, pour plus de sûreté.

— Il n'est pas mort depuis longtemps, je dirais, observa M. Varley. Il était encore chaud quand je l'ai ramassé. À mon avis, il a été heurté par une voiture en essayant de rentrer à la maison. Il est tout brisé à l'intérieur. Je ne crois pas qu'il ait souffert.

— Cette tache blanche ne paraît pas la même, objecta Matthew. Elle a l'air plus petite que celle de Monty.

— C'est lui, mon fils. Ça ne fait pas de doute, dit son père en lui posant une main sur l'épaule. Inutile de te raccrocher à de faux espoirs, tu sais. C'est Montezuma, et tu ferais mieux de l'admettre.

— C'est lui, Matthew, renchérit sa mère. Je le reconnaîtrais n'importe où. Pauvre vieux !

Matthew hocha lentement la tête.

— Je l'enterrerai demain matin, annonça-t-il en ramenant la couverture sur le chat mort. Je l'enterrerai dans le verger, et on n'en parlera plus.

La huitième vie

Pendant plusieurs jours, Montezuma attendit, caché dans les sous-bois, le retour de son ami. Chaque soir, il émergeait de l'ombre et se dirigeait vers la cabane de pêcheur ; elle était toujours vide et silencieuse. Il reniflait de-ci, de-là, puis descendait vers la rivière en appelant le vieil homme, mais celui-ci ne revint jamais. C'est pourquoi un soir, au lieu de repartir dans les bois, Montezuma se rendit à la ferme située au-delà de la colline aux boutons-d'or. Après tout, c'était de ce côté-là qu'ils avaient emmené le vieux Syd.

Il approcha des bâtiments avec précaution, se faufilant dans l'herbe haute, parmi les souches et les chardons, tout en observant le décor. Son nez lui disait que son ami était passé par là, mais quand il arriva devant l'entrée de la ferme, au bout du sentier, l'odeur disparut complètement. Il songea un moment à retourner à la cabane de pêcheur. Il n'avait pas oublié, bien sûr, que son véritable foyer se trouvait quelque part au-delà de cette rivière qu'il ne pouvait pas traverser. Il s'apprêtait à rebrousser chemin quand il entendit chanter au loin, derrière le mur de la ferme. Montezuma avait faim — sa chasse dans les bois ne s'était guère révélée satisfaisante, surtout pas après un régime de truite et de lait — et là où il y avait des gens, il y avait toujours une possibilité d'obtenir de la nourriture. Aussi décida-t-il de tenter sa chance. Il sauta sur le mur, descendit dans le jardin potager au-dessous, et se fraya un chemin parmi des plants de haricots verts jusqu'à une cour pavée inondée de soleil.

Lily Hildstock se balançait sous un pommier, dans un coin du jardin, la tête couverte d'un capuchon blanc, une grande croix de bois suspendue à son cou au bout d'une ficelle. Elle s'était drapée dans un drap blanc qui la dissimulait de la tête aux pieds. Elle fredonnait au rythme de ses balancements une comptine religieuse qui se répétait de façon incantatoire. Dans l'herbe, disposée autour d'elle, se trouvait sa collection d'animaux : deux lapins blancs aux yeux rouges et au nez agité de tics, une tortue, un assortiment de lézards et d'orvets dans une boîte en carton, trois cochons d'Inde hirsutes, un hamster et une vieille poule au plumage tacheté et à la patte brisée. En voyant le chat se déplacer sur la pelouse, elle se redressa et arrêta le mouvement de sa balançoire du bout du pied.

Montezuma s'aplatit dans l'herbe, les yeux fixés sur le hamster. Sa queue s'agitait doucement. Mais ses noirs desseins furent brutalement anéantis. La petite fille en blanc s'était levée et s'approchait.

— Si tu viens en paix, sois le bienvenu, dit-elle en traçant un signe de croix dans l'air au-dessus de lui. Nous sommes des créatures du bon Dieu, et nous nous respectons les unes les autres.

À ce moment, les animaux sentirent la présence du chat. Les lapins se précipitèrent sous le fourré le plus proche, la tête de la tortue disparut, et les cochons d'Inde retournèrent dans leur cage. Seul le hamster, qui sommeillait à côté de la poule tachetée, n'avait rien remarqué. Les lézards et les orvets semblaient figés sur place.

— Nous sommes tous des disciples de saint François d'Assise, poursuivit la fillette en s'adressant au chat, toujours tapi et méfiant.

Elle s'agenouilla, tendit les deux mains en avant.

— Viens, petit chat, viens te joindre à nous. Je suis Lily, une nonne appartenant à l'ordre des clarisses, et je prendrai soin de toi, parce que tu es une créature du bon Dieu. Notre patronne, sainte Claire, nous a enseigné l'amour de tous les êtres vivants.

Abasourdi mais intéressé, Montezuma resta où il était jusqu'à ce que la petite fille le touche, lui caresse la tête et le soulève dans ses bras.

— Tu vois, petit chat, nous ne te voulons aucun mal. Tu es tout maigre ; nous allons te nourrir. Tu as besoin d'un abri ; nous allons t'en offrir un. Tu nous as été envoyé ; nous allons te chérir.

Une femme passa soudain la tête par la porte de la cuisine.

— Lily ! Viens manger. Le souper est prêt.

— Sœur Lily, révérende mère. Tu es la mère supérieure et je suis sœur Lily. Tu avais promis.

La fillette continua de caresser le chat en le berçant dans ses bras, et Montezuma réagit aussitôt en émettant un ronron sourd et puissant.

La femme leva les yeux au ciel.

— Sœur Lily, soupira-t-elle. Sœur Lily, même les nonnes doivent manger. Tu vas me faire le plaisir de rentrer dans le couvent et de te mettre à table. Maintenant.

— J'arrive, révérende mère, dit Lily. Mais il faut d'abord nourrir ce pauvre chat affamé qui est venu nous demander de l'aide. Je peux lui donner une soucoupe de lait et des corn flakes ?

À ces mots, la mère de Lily sortit de la cuisine et s'avança sur le gazon, la main en visière.

— Où as-tu trouvé ça ? demanda-t-elle. D'où sort cet animal ? À qui est-il ?

— À Dieu, répondit Lily. C'est Dieu qui nous l'envoie.

— Lily, ça suffit ! Nous avons déjà suffisamment d'animaux au couvent, je veux dire à la maison. Il n'y a plus de place. Nous étions d'accord.

— Juste celui-là, révérende mère. Il est vieux et il a faim. Dieu nous l'a envoyé. J'en suis sûre.

Lily emporta le chat dans la cuisine et posa devant lui une soucoupe remplie de lait crémeux. Montezuma ne perdit pas de temps pour la nettoyer, et il leva les yeux pour en demander davantage.

— Cet animal doit partir, Lily, avertit sa mère. Tu sais ce que ton père pense des chats. Il n'en veut pas dans la maison. Et ta tante Bessie risque d'en faire toute une histoire. Elle ne peut pas en voir un sans éternuer. D'ailleurs, je n'ai pas l'intention d'ouvrir un dispensaire pour animaux éclopés.

— Mais, révérende mère… protesta Lily en écrasant une larme au coin de son œil.

— Maman, rétorqua sa mère. Assez joué. Je suis ta maman, pas ta mère supérieure. Et ceci est une ferme, pas un couvent. À présent, va m'enlever cette tenue ridicule. Ton père t'a répété assez souvent de ne pas t'habiller comme ça. Ce n'est pas normal, pas convenable. Tu vas trop loin. Sois gentille avec les animaux si tu veux, mais n'oublie pas qu'il y a aussi des gens autour de toi.

— C'est bien dommage… marmonna la fillette en ôtant son déguisement de nonne pour révéler un T-shirt orné d'un Snoopy et un jean.

— Qu'est-ce que tu as dit ? demanda sévèrement sa mère.

— J'ai dit que c'était dommage, maman. C'est un bon vieux chat, un gentil chat. J'ai toujours rêvé d'en avoir un. On ne pourrait pas le garder ? Il ne t'embêtera pas. Je m'occuperai de lui. Et ce sera le dernier animal que je recueille, je te le promets.

— Non !

Sa mère la prit par les épaules et la secoua.

— Non, Lily. Ce chat doit appartenir à quelqu'un, ou alors c'est un animal errant, et dans les deux cas, nous n'en voulons pas. Ce soir, le vétérinaire va venir voir Miranda ; nous lui donnerons le chat, et il saura ce qu'il convient de faire.

— Tu sais bien ce qu'il fera, protesta Lily. Il le piquera. Personne ne veut d'un vieux chat mal en point. Il va le tuer, c'est sûr.

— Si personne n'en veut, ça vaut peut-être mieux pour lui, murmura sa mère en lui caressant les cheveux pour essayer de la consoler.

— Mais j'en veux, moi ! s'écria la petite fille.

À ce moment, M. Hildstock et tante Bessie entrèrent dans la maison. Tante Bessie éternua violemment et ressortit en courant — ce qui suffit à régler le problème une fois pour toutes. Montezuma fut arraché à sa deuxième soucoupe de lait et jeté sans cérémonie au fond d'un vieux sac à maïs. M. Hildstock attacha fermement le sac et s'en alla le déposer dans le hangar aux charrettes en attendant l'arrivée imminente du vétérinaire.

De retour dans la cuisine, M. Hildstock se répandit en accusations contre le vieux clochard qui avait braconné sur ses terres.

— C'est toujours la même histoire. Chaque année, il revient ; il laisse des saletés partout où il passe. Va te laver, ma fille ! Et ne t'avise plus de toucher les vieux chats miteux. Je te l'ai dit cent fois, les chats sont des animaux malpropres. Ce vieux salopard, il vole mes poissons, vole mon lait, couvre ma Miranda de microbes, et en plus, il laisse ce chat dégoûtant rôder autour de ma ferme !

— Il n'est pas dégoûtant ! cria Lily.

Elle se détourna de l'évier pour faire face à son père, les larmes ruisselant sur ses joues :

— C'est un pauvre vieux chat, et Syd est un brave homme ! Tout le monde le sait. Il n'a jamais fait de mal à personne. Et toi, tu as appelé la police, et tu as fait mettre le vieux Syd en prison, et maintenant, tu vas faire tuer son chat ! Je prierai pour ce chat toutes les nuits jusqu'à ma mort, et Dieu l'emmènera au ciel, et il sera là quand j'y monterai aussi. Mais toi, tu ne le verras pas — parce que tu seras en train de brûler en enfer avec tous les autres assassins !

Naturellement, on l'envoya aussitôt dans sa chambre, où elle se jeta sur son lit et se mit à prier. Elle pria pour que la vie du chat soit épargnée, et elle continua de prier jusqu'à ce que ses larmes cessent de couler ; finalement, il ne lui resta plus au cœur qu'une froide colère envers son père. C'est pendant qu'elle était dans sa chambre que le vétérinaire arriva, traita la vache et emporta le chat. Lily ne devait jamais le revoir.

Dans la cour, avant de s'en aller, le vétérinaire jeta un coup d'œil dans le sac qu'il s'apprêtait à mettre dans le coffre de sa voiture.

— Celui-là, je l'ai déjà vu quelque part, confia-t-il à M. Hildstock. J'en suis pratiquement certain.

— Ce n'est qu'un vieux chat errant, observa M. Hildstock. Il faudrait le supprimer. Il y en a trop, et ils finissent par devenir sauvages. Vous ne trouverez personne pour l'adopter, à cet âge.

— En effet, ça ne va pas être facile, dit le vétérinaire. Il m'a l'air dans un triste état. Il me reste encore quelques consultations à donner, après quoi je l'emmènerai à la SPA, en ville. Ils le garderont un jour ou deux, et si personne ne le réclame, ils me demanderont de le piquer. Vous êtes sûr que vous ne voulez pas le garder? Ça doit être un excellent chasseur de souris.

Mais M. Hildstock s'éloignait déjà.

— Il n'y a pas de souris dans ma ferme, lança-t-il sans se retourner. Il n'y a pas de souris, et nous ne voulons pas de chat. Il ne nous serait d'aucune utilité. Il est tout à vous.

Dès qu'Emma eut mis bas, Matthew se douta que quelque chose n'allait pas. D'habitude, les vaches se relevaient pour lécher leur veau sitôt après la naissance, mais Emma restait allongée sur la paille et refusait de bouger. Il eut beau lui parler gentiment, la pousser, rien à faire. Matthew finit par appeler son père.

Celui-ci mena le veau près de sa mère pour qu'elle puisse le voir.

— Allez, ma fille. Il est à toi, il faut t'en occuper.

Mais Emma se détourna et regarda fixement dans une autre direction. À eux deux, ils employèrent la force, tirant tour à tour, essayant de la remettre sur pied malgré elle. Emma, qui pesait plus d'une demi-tonne, refusait de coopérer. Le père de Matthew finit par jeter sa casquette par terre.

— On n'y arrivera pas. Tu as raison, il y a quelque chose qui cloche. C'est peut-être la fièvre lactée. Il faut appeler le vétérinaire, et vite. Sinon, on risque de perdre la vache et le veau.

Ils contactèrent le vétérinaire, qui leur répondit au volant de sa voiture par radiotéléphone, quelques minutes après avoir quitté la ferme de M. Hildstock. Matthew lui expliqua qu'il s'agissait d'une urgence, et qu'il n'y avait pas de temps à perdre. Un quart d'heure plus tard, on le vit arriver, freiner dans un nuage de poussière, et se rendre tout droit à l'étable afin d'examiner la vache. Matthew et son père avaient raison, c'était un cas de fièvre lactée ; et le vétérinaire retourna chercher une seringue dans sa voiture. Matthew attendit en compagnie d'Emma.

— Il faut que tu t'en sortes, tu sais, lui dit-il. Ton veau a besoin de ton lait, il n'a rien mangé. Et c'est encore un taurillon que tu nous as donné, alors qu'on a besoin de génisses. Tu es plutôt contrariante, comme vache, mais je veux que tu vives. Alors, tu vas te lever.

— Tu leur parles toujours ? demanda le vétérinaire qui revenait en compagnie du père de Matthew. Elle n'a pas besoin de discours, mais de ça, ajouta-t-il en brandissant sa seringue. Une bonne giclée de calcium, et elle sera debout en moins de deux.

Et ce fut le cas. Peu après, Emma s'était relevée, et son veau tétait frénétiquement sous elle.

— Vas-y, bébé, l'encouragea le vétérinaire. Tu as plus de chance que certain pauvre bougre que je viens de ramasser aujourd'hui.

— Que voulez-vous dire ? demanda Matthew.

— Oh, rien, répondit le vétérinaire. Rien. C'est seulement que je passe trop de temps à endormir définitivement des animaux, et je déteste ça. Je dois maintenant me rendre à la SPA — encore un chat errant. Je n'arrive pas à m'y faire, et j'exerce depuis cinq ans. Peut-être que je n'ai pas choisi le bon métier.

— Non, mon garçon, ne parlez pas comme ça, intervint le père de Matthew. Vous venez de sauver cette vache, et on ne saurait compter le nombre de fois où vous nous avez rendu ce genre de service. Vous êtes indispensable à tous les fermiers de la région.

— C'est agréable quand ça marche, opina le vétérinaire en retournant à sa voiture.

Il avait déjà démarré quand Matthew se mit soudain à crier et lui courut après en agitant les bras. Le vétérinaire le repéra dans son rétroviseur et stoppa brusquement. Matthew se pencha sur la portière.

— Vous avez parlé d'un chat errant ?

— Oui, Matthew, pourquoi ?

Le vétérinaire coupa le moteur.

— Quel genre de chat ? poursuivit Matthew.

— C'est juste un vieux matou qui rôdait autour de la ferme des Hildstock. Pourquoi ? Tu ne veux pas d'un chat, je suppose ? Tu en as déjà un.

— Il est mort, déclara Matthew. Écrasé il y a quelques jours sur la route du village.

— Oh, je suis navré d'apprendre ça, Matthew. Aimerais-tu jeter un coup d'œil sur celui-là ?

Il est vieux, mais il m'a l'air plutôt coriace. Il te rendrait service à la ferme, je pense, et il serait bien mieux ici que là où je l'emmène.

— De quelle couleur est-il? s'enquit Matthew tandis que le vétérinaire tentait de défaire la corde du sac.

— Je ne sais pas, c'est difficile à voir au fond du sac, mais je dirais que c'est une sorte de chat roux avec les oreilles amochées. Je suis sûr de l'avoir déjà vu quelque part, d'ailleurs. Ah! zut, cette corde est trop serrée.

Matthew lui saisit le bras.

— Vous avez dit roux?

— Je crois.

— Mais Monty était roux, avec les oreilles très abîmées.

— Monty? fit le vétérinaire, perplexe.

— Mon vieux chat, expliqua Matthew.

— Tu viens de me raconter qu'il était mort. Écrasé par une voiture.

Le vétérinaire réussit enfin à défaire la corde et ouvrit le sac.

— Regarde toi-même, Matthew, mais attention à ses griffes. Il n'apprécie pas d'être enfermé là-dedans, et il m'a déjà griffé une fois aujourd'hui.

Comme Matthew regardait au fond du sac, son père arriva en soufflant et s'arrêta près de la voiture.

— C'est lui ! s'écria Matthew d'une voix étranglée. C'est Monty !

Il leva les yeux sur le vétérinaire et sourit.

— Monty est mort, marmonna le père de Matthew. On l'a enterré la semaine dernière. Ça ne peut pas être lui.

— Il était mort, répliqua Matthew en retirant Montezuma du sac. Il était mort et je l'ai enterré, mais il a ressuscité.

Il souleva Montezuma en l'air pour examiner la tache blanche sur sa gorge.

— Je le savais bien. Je savais que la tache de l'autre chat n'était pas tout à fait la même.

Il déposa Montezuma à terre, s'agenouilla près de lui et le caressa.

— Matthew, objecta le vétérinaire, tout ça n'a pas de sens.

— Il a pourtant raison ! s'exclama le père de Matthew. Par tous les diables, ce garçon a raison ! Voilà Monty revenu d'entre les morts !

— C'est tout simple, expliqua Matthew. J'ai enterré un autre chat.

— Mais on a trouvé celui-ci à plus de vingt kilomètres, sur les terres des Hildstock, s'étonna le vétérinaire. Il vivait avec un vieux vagabond, c'est du moins ce qu'on m'a raconté.

Montezuma resta assis dans la poussière un moment, aveuglé par la clarté soudaine du soleil. Puis il regarda autour de lui et leva les yeux sur Matthew pour s'assurer que la voix appartenait bien à la personne dont il se souvenait. C'était le cas.

Juste à ce moment, Sam arriva sur les lieux. Le chat se hérissa instinctivement, puis se détendit quand le chien s'approcha et le dévisagea, nez à nez. Sous le regard des trois hommes, les deux animaux se flairèrent, s'identifièrent. Pour la première fois de sa vie, Montezuma se frotta contre Sam en tremblant d'affection. Le chien parut d'abord méfiant et coucha ses oreilles en arrière, mais il ne bougea pas tandis que le chat décrivait des huit autour de ses pattes en ronronnant extatiquement.

— C'est le seul chat avec lequel Sam peut vivre, observa Matthew.

— Tout comme moi, renchérit son père. Je ne supporterais pas un autre chat que lui dans la maison, je peux te l'affirmer.

— C'est donc le chat que j'ai soigné un jour qu'il s'était battu avec un chien ? demanda le vétérinaire.

— Oui, c'est le même chat, répondit Matthew. Et le même chien.

Montezuma avait très faim. Il leva la tête et vit que la porte de la cuisine était ouverte. Il s'éloigna en bondissant sur le sentier et disparut à l'intérieur de la maison. Matthew et son père attendirent l'exclamation de stupéfaction et de joie qui devait normalement suivre. Elle se produisit une seconde plus tard, et la mère de Matthew se précipita dehors en criant au monde entier qu'elle avait trouvé Monty, que Monty était de retour.

— Je suis content d'être venu vous voir aujourd'hui, déclara le vétérinaire.

— Moi aussi, conclut Matthew. Moi aussi.

La fin

Les saisons se suivaient à la ferme, et avec le temps, le monde autour de Montezuma changea. Quand Matthew se maria et amena sa femme, Zoé, vivre à la maison, Montezuma était déjà un vieux chat, âgé d'environ quatorze ans, d'après les calculs de Matthew. Ce dernier avait dit à son épouse : « Si tu m'aimes, tu dois aimer mon chat », aussi Zoé n'avait-elle pas eu le choix. Mais il était difficile de ne pas aimer Montezuma. En dépit de son apparente lassitude, il conservait une dignité de vieux soldat qui commandait le respect et l'affection.

Au fur et à mesure que passaient les années et que ses forces déclinaient, Montezuma resta de plus en plus à l'intérieur de la ferme. Sa vue baissait, ses articulations devenaient raides, et ses jours de chasse étaient clairement terminés ; les souris se déplaçaient désormais trop vite et les oiseaux le voyaient toujours venir. Il pouvait encore poursuivre des scarabées, des araignées et des feuilles mortes, mais un vieux baroudeur comme lui trouvait peu de satisfaction dans ces jeux, et encore moins à manger. Il en vint à dépendre totalement des trois repas que le père de Matthew lui préparait chaque jour : des corn-flakes détrempés de lait le matin, quelques restes glanés à table le midi, et un poisson rutilant, alose ou maquereau, le soir. Tous deux vieillissaient ensemble et un lien de grande sympathie s'était établi entre eux. Le canapé du salon était à présent le lieu de repos permanent des « deux retraités », comme les appelait Matthew. Ils s'y allongeaient des après-midi entiers, chacun se rappelant les jours anciens.

Montezuma n'avait que des souvenirs flous et indistincts pour la plupart, mais il pensait souvent au vieil homme avec lequel il avait vécu dans la cabane de pêcheur bien des années plus tôt, ou à son emprisonnement sous la neige ; ainsi qu'à Sam, le vieux chien de berger, maintenant mort et enterré, et remplacé par un jeune chiot mal élevé qui n'avait rien de la tolérance diplomatique de Sam, et qui aboyait sans s'arrêter chaque fois qu'il le voyait. Il se rappelait également la petite fille qui chantonnait sur sa balançoire dans le jardin. Il avait aussi ses cauchemars, qu'il ne parvenait pas à oublier et qui venaient parfois le réveiller en sursaut — comme celui dans lequel il se battait à mort contre un gros chat noir aux crocs étincelants.

Quand le fils de Matthew naquit, Montezuma se mit à jouer les sentinelles dans le jardin. Il attendait près de la porte que Zoé ait installé le bébé dans le landau. Il la regardait se pencher sur lui, et les écoutait échanger tous les deux des espèces de gazouillis et des petits cris qui semblaient ravir la jeune maman. Puis il prenait son poste sous le landau, se roulait en boule et restait là, à rêver éveillé, en attendant qu'on vienne reprendre le bébé. Si celui-ci criait et que personne n'entendait, Montezuma entrait dans la maison et miaulait jusqu'à ce que quelqu'un finisse par s'inquiéter. Puis, son devoir accompli, il réintégrait le salon, cherchait l'endroit le plus confortable sur le canapé et se lovait contre le père de Matthew pour poursuivre ses rêves.

Il n'accompagnait plus qu'à l'occasion Matthew dans ses déplacements autour de la ferme, et jamais plus loin qu'au bout du sentier. Là, il s'asseyait chaque soir au milieu de la route pour attendre que Matthew revienne de la coopérative laitière, balançant ses deux bidons vides à bout de bras. L'attente était longue, et il tuait le temps en

119

s'absorbant dans ses rêveries et en s'efforçant d'oublier la douleur de ses articulations et de son échine.

La surdité étant survenue avec l'âge, il entendait désormais très peu de choses du monde qui l'entourait. C'était arrivé progressivement, aussi n'en avait-il pas conscience. Quand il guettait le retour de Matthew au milieu de la route, les voitures et les tracteurs ralentissaient et faisaient un petit détour pour ne pas l'écraser. Aux yeux de la plupart des gens du coin, il était devenu un hasard prévisible, comme une ornière sur la route qu'il convient d'éviter. Tout le monde connaissait Montezuma, et chacun prenait grand soin de ne pas le déranger. De son côté, il ne prêtait pas la moindre attention aux voitures et restait assis, bien droit, les yeux clos, attendant Matthew. Mais les gens disaient en hochant la tête qu'un jour quelqu'un viendrait qui ne saurait pas que cette portion de route était le domaine privé de Montezuma.

La saison des vacances apporta son lot de véhicules étrangers encombrés d'enfants turbulents, de chiens aboyeurs et de paniers de piquenique. Parce que le soleil brillait haut et fort dans un ciel d'un bleu pur, les gens sortaient de leur hibernation et passaient par la route qui longeait la ferme pour se diriger vers les berges ombreuses de la rivière.

Très souvent, M. Varley accourait de son cottage, au croisement, ramassait Montezuma et l'emportait vers la sécurité de la haie.

— Il ne faut pas rester là, vieux matou. Ce n'est pas un endroit pour un chat comme toi. Je vais te mettre à l'ombre, là, et tu pourras attendre tranquillement le retour de Matthew. Il ne va pas tarder.

Mais Matthew prenait son temps, et, très vite, Montezuma quittait la haie et se remettait au milieu de la route, d'où il pouvait mieux distinguer le tournant par lequel Matthew arriverait.

Par une poussiéreuse soirée de septembre, alors que beaucoup de véhicules l'avaient déjà dépassé sans lui faire de mal, une grande voiture noire aux enjoliveurs chromés qui brillaient comme des crocs surgit dans le crépuscule et fonça sur lui en rugissant. Les enfants sur la banquette arrière étaient bruyants, après l'excitation du piquenique, et le père se retourna, en colère, afin de les réduire au silence. Il ne fallut que cette distraction momentanée pour que la voiture renverse le chat avant que le chauffeur n'ait le temps de freiner. Montezuma avait ouvert les yeux, sentant les vibrations du macadam sous ses pattes. Il pressentit le danger et se serait déplacé, mais hésita juste une seconde. La voiture faisait peut-être partie d'un cauchemar. Était-il en train de rêver ? Était-ce le chat noir qui revenait le défier ? Il tenta de bouger au dernier moment, ses pattes raides n'obéirent pas assez vite. La voiture le heurta sur le flanc et l'envoya rouler dans le fossé. Quand il voulut se redresser, il découvrit que ses pattes arrière ne répondaient plus, elles semblaient paralysées, inutiles. Il resta étendu, attendant que ses forces lui reviennent. Comme il levait la tête, il vit des visages penchés sur lui.

— Il est mort ?

— Ce n'est qu'un vieux chat.

— Je ne l'avais même pas vu.

— Ce n'est qu'un vieux chat de ferme. Il a les yeux ouverts. Il est vivant. Il va s'en remettre.

— Tu ne crois pas qu'on devrait avertir quelqu'un ?

— Si les enfants le voient, ça ne fera que les bouleverser, tu sais. Et nous sommes déjà en retard.

— Mais on ne peut pas le laisser comme ça.

— Que peut-on faire d'autre ? C'est un chat miteux comme il doit y en avoir des tas, par ici.

— Tu crois qu'il a mal ? Tu crois qu'il vivra ?

— Bien sûr qu'il vivra ! Ils sont plus résistants que le chiendent. N'oublie pas qu'ils ont neuf vies, à ce qu'on dit.

Les enfants n'arrêtaient pas d'appeler depuis la voiture, ce qui mit un terme à la discussion. Le véhicule s'éloigna, et le chemin redevint silencieux. Montezuma rassembla ses forces et se traîna le long du fossé en direction de la ferme.

Plus tard, ce soir-là, quand il ne se montra pas à l'heure de son dîner, la famille sortit le chercher. Montezuma n'ayant pas disparu comme ça depuis des années, on redoutait le pire. La mère et le père de Matthew fouillèrent tous les bâtiments proches, tandis que Matthew et Zoé s'en allaient passer au peigne fin les champs et les haies qui bordaient la route, ainsi que ceux qui descendaient vers la rivière. M. Varley sortit de chez lui quand il les entendit appeler le chat, et il se joignit à leur battue. Personne ne prit de repos jusqu'à ce qu'il fût trop tard pour continuer, et même alors, Matthew resta dehors et appela Montezuma dans le silence de la nuit.

Sans trop savoir pourquoi, il résolut d'escalader les balles de foin de la vieille grange, car il avait vu assez souvent Montezuma monter y dormir sur un nid douillet. Il grimpa tout en haut du tas de foin, là où il atteignait presque les poutres du plafond. Il promena sa torche autour de lui, éclairant les recoins les plus sombres. Le rayon lumineux se posa soudain sur quelque chose au bout d'une rangée de balles écroulées. Matthew espéra une seconde qu'il s'agissait d'un vieux sac à grain, mais au fond de lui, il sut qu'il venait de trouver Montezuma.

Il était étendu au creux d'un profond lit de paille, les deux pattes arrière bizarrement tordues, ramenées contre son ventre. Il avait les yeux clos, et sa tête pendait, inerte. De toute évidence, il ne vivait plus.

Matthew enterra le vieux chat dans le jardin cette nuit même, à la lueur de sa lampe, marquant l'emplacement avec sa pelle. Quand il rentra à la maison, il n'en souffla mot à personne, mais alla directement se mettre au lit. Il n'avait pas le courage d'annoncer la nouvelle. Il resta longtemps éveillé, à penser à ce brave Montezuma et à tout ce qu'ils avaient fait ensemble. Il essaya de se rappeler le vieux chat en chaton, mais ne put y parvenir. Il n'arrêtait pas de penser à lui tel qu'il l'avait vu pour la dernière fois, assis sur la route, pendant qu'il s'en allait à la coopérative. Il ne parlerait pas aux autres de son échine brisée, de ce qu'il soupçonnait être les circonstances de sa mort. Il leur dirait qu'il l'avait simplement trouvé en haut du tas de foin, que le chat s'était roulé en boule pour mourir, comme font tous les vieux chats, loin des regards, et là où personne ne peut les trouver.

Ce fut son père qui eut l'idée de planter un jeune chêne sur la tombe de Montezuma. Cela fait, ils reculèrent, et Zoé planta à son tour quelques jonquilles dans la terre meuble.

— Cet arbre sera là plus longtemps que moi, dit le père de Matthew. Plus longtemps que nous tous, d'ailleurs. Il poussera, plein de vigueur, comme l'était Montezuma.

Il se détourna brusquement.

— Allez, venez, ajouta-t-il. On ne peut pas se permettre de perdre notre temps. La clôture de la prairie aux moutons s'est encore effondrée à un endroit, Matthew. Si on ne la redresse pas, les moutons finiront par s'échapper avant la fin de l'hiver. On ne va pas rester ici à se tourner les pouces toute la journée. Il y a du travail qui nous attend.

Quelques nuits plus tard, tout en haut du tas de foin doux et tiède de la vieille grange, une jeune chatte donna naissance à sa première portée de chatons. Il y en avait trois, et l'un d'eux était roux avec une grosse tache blanche sur la gorge.

TABLE DES MATIÈRES

Composition : Francisco *Compo*
61290 Longny-au-Perche

Imprimé en France par Brodard et Taupin
La Flèche (Sarthe) le 05.06.2000 - n° 2668

Dépôt légal : juillet 2000

 12, avenue d'Italie • 75627 PARIS Cedex 13
Tél. : 01.44.16.05.00